KB101669

Trois villes saintes

by J. M. G. Le Clézio

Copyright © Editions Gallimard, 1980
Korean translation copyright © MUNHAKDONGNE
Publishing Co., Ltd., Seoul, 2001
All rights reserved.

This Korean edition was published by arrangement with
Editions Gallimard through Sybille Books Literary Agency, Seoul

이 책의 한국어판 저작권은 시빌 에이전시를 통해
프랑스 갈리마르 사와 독점 계약한 (주)문학동네에 있습니다.
저작권법에 의해 한국 내에서 보호를 받는 저작물이므로
무단 전재 및 무단 복제를 금합니다.

성스러운 세도시

성스러운 세 도시

르 클레지오 소설 | 홍상희 옮김

문학동네

차례

샨카

Trois
ville
sainte

길 양쪽에 빽빽한 나무들이 도저히 뚫고 들어갈 수 없을 것처럼 벽을 이루고 있다. 그들은 길을 따라 앞으로 나아간다. 고여 있는 공기, 나무들은 숨죽인 채 미동조차 하지 않는다. 새도 없고 곤충들도 보이지 않는다. 그들이 가르고 지나가는, 달궈진 칼날같이 예리하고 단단한 조밀한 공기 속에서 나무들은 꼼짝도 하지 않는다. 그들은 작은 산을 기어오르고 협곡을 따라 굽이치듯 나아간다. 나무들은 지평선을 가리고 손톱으로 허공을 부여잡는 마른 울타리들이다. 아무 소리도 들리지 않는다. 모터 소리, 부르릉 소리, 털털대는 트럭들의 모터에서 나는 찢어지는 소음들, 뜨거운 아스팔트 위를 출발하려는 트럭들, 날개가 잘려나간 비행기 소음들을 나무들이 모두 차단하고 있다.

갈라놓는 것은 시간이 아니며 공간도 아니다. 그 것은 나무들이다.

빽빽한 나무들은 미라들처럼 말라비틀어져 있고 나뭇잎들은 뿌연 먼지로 덮여 있다. 도처에 침묵이 감돈다. 파란 하늘 속은 너무나 조용하고 황량하리만치 텅 비어 있어 마치 언어라는 것이 한 번도 존재하지 않았던 것 같은 인상을 자아낸다. 먼지들은 아마도 저 공간 끝에서 일고 있는 것 같다. 잎사귀마다 하늘에서 내려오는 잿빛 먼지조각들이 눈처럼 내려앉아 구멍들을 막고 소리들을 차단한다. 그곳엔 돌도 없고 공기도 없다. 분명 물도 없다. 오로지 이 무형의 먼지만이 모든 것을 지연시키고 있다. 불꽃도 없이 타들어가는 숲, 평평한 땅바닥으로 다시 내려앉는 회색빛 연기조차 피어오르지 않는 숲을 가로질러 하얀 길을 따라 그들은 무턱대고 열심히 앞으로 걸어간다. 마치 무거운 짐을 지고 가는 것 같다. 숲은 벽이다. 벽은 단 하나. 그러나 그 벽은 너무나 두터워 그것을 지나려면 몇 달이 걸릴지 모른다. 움직이지 않는 공기는 지붕이다. 뜨거운 바위 밑으로 거미줄 같은 나무뿌리들이 뻗어 있다. 아무도 살지 않는 낯설고, 불투명하고, 조밀한 공간. 그 공간은 그들을 포위하고 포박하는 듯하다. 그들은 어디로 가는지, 무엇을 떠나려는지도 모르면서 마치 뒤로 후퇴하듯 앞으로 전진한다. 다시 태어나기라도 하듯 그들은 이곳, 숲속의 빈터에서, 나무들 사이에서 짓눌리고 검은 개미들에게 뜯기며 잔가지들과 먼지로 뒤덮인 잠자리에서 잠을 청한다. 그들이 이 길을 걸어온 것은 어쩌면 바로 자신들이 태어난 이 장소를 찾기 위해서인지도 모른다.

그토록 많은 나무들이 빽빽이 들어차 있는데도, 그토록 광활한 공간, 광대한 하늘, 평평한 땅과 먼지가 있는데도 자유가 존재할 수 있을까? 그곳에 자유는 없다. 자유는 침묵과 재로 뒤덮이고, 바람도 없는 공기 중에 꼼짝도 못 하고 갇혀 있으며 다른 말들과 더불어 잊혀졌다. 그리고 말할 수 있는 신들은 침묵하고 있다.

개미들이 풀 속을 지나가듯, 그들은 나무들 사이로 전진한다. 흰옷을 입은 그들은 묵묵히 비밀을 향해 간다. 사람들은 나무들과 흡사하다. 그들은 움직임도 없이 눈에 띄지 않는 단 한 번의 동작으로 사라지듯, 이 나무 둥치에서 저 나무 둥치로 옮겨 간다.

샨 산타 크루즈는 어디 있는가? 대지는 비어 있다. 도시들, 진정한 성도(聖都)들은 어디에 있는가? 그 도시들은 어떤 사람들에게는 눈부신 불이다. 불을 보고 달려드는 나방처럼 그들은 그곳으로 몰려든다. 거대한 비밀의 도시, 황금과 옥으로 뒤덮인 그곳엔 전설이 끊임없이 울려퍼진다. 그리고 오늘은? 그러나 오늘은.

가느다란 나무들이 닫힌 원을 그리고 있다. 한 그루 한 그루가 바싹 붙어 입구를 차단한다. 가시나무 숲이 길을 막아버렸고, 땅 밑으로 길게 뻗은 뿌리들은 절망적으로 물을 찾으면서, 옛 도시들의 기반을 흔들어 놓는다.

화염에 싸여 폭파된 샨 산타 크루즈는 그 도시를 세웠던 사람들을 불붙은 길 위로 내던졌다. 이제 이곳엔 더이상 추억조차 남아 있지 않다. 이곳은 시간 속의 흰 점, 얼룩, 절제 후 남은 낭종의 상처와 추함과 소음의 장소이다. 이제 이곳은 무감각한 중심지, 회색빛 사막을 통과하는 네 길의 교차점이다. 건망증의 집결지인 이곳에는 엔진이 과열된 버스들이 잠시 멈추고, 네온으로 된 십자가가 세워진 낡고 헐벗은 보루 앞에서 여행객들이 기다리는 곳이다. 어느 날엔가는 어떻게든 샨 산타 크루즈까지 다다를 수 있을까?

그들은 버스, 트럭, 자동차들이 윙윙거리는 시커먼 아스팔트 홈을 피해 먼지 자욱한 길을 따라 무턱대고 전진한다. 희미하고 뜨거운 빛이 환영을 감추고 있는 듯, 그 속에서 이상한 흰 유령들이 움직이고 있다. 그들은 샨 키워 앞에 서 있다. 군인들, 노호크 타티쉬, 에스피옹 신부, 음악 교사들이다. 노새 행렬들이 벨리즈에서 돌아오고, 게릴라 대원들은 대초원을 지나 에스피리투 산토 만(灣)까지, 그리고 바칼라 간석지까지 밤낮으로 걸어간다. 땀에 젖은 남자들이 가시나무에 긁혀가며 숨죽인 채 숲속을 지나간다. 그들이 지나간 자리에는 티툭, 코로잘, 티호수코, 테칵스, 테막스가 불탄다.

그의 말은 유죄다. 그의 입도 유죄, 그의 시선도 유죄다. 9 태양 전하 아 볼론 킨, 9 거미 전하 볼론 암의 통치 기간 동안 카툰은 유죄다…… 그리고 밧줄이 내려온다. 이틀의 신호가 나타나면 검은 판야 나무 열매는 카툰 9 아호 전하의 빵이 된다. 우수한 백인, 삭 우악날은 그의 통치 당시의 얼굴이다. 물도 빼앗기고 카툰의 빵도 몰수되었다. 공포가 도래할 것이다. 그의 식량은 전쟁이다. 전쟁은 그의 음료수요, 그의 행동이며 그의 심장이고 그의 이성이다. 그러나 9 아호 전하는 할라쉬 위닉의 하인들에게 별로 요구하는 것이 없다. 국민들 사이에선 수많은 소송이 있을 것이다. 그러나 그곳이 그의 빵이요, 그의 물이며, 그의 돗자리이고, 또한 그의 영광이다. 그곳에선 수많은 간통 사건이 벌어질 것이다.

칠람 발람의 태양 사제장이 그렇게 말했듯이 카툰의 말도 그러하다. 즉, 모든 것이 9 아호의 책임으로 돌아갈 것이다.

그러나 그것은 모두 꿈이 아니던가. 아무 일도 일어나지 않았다. 그것은 노인들이 죽기 전에 꾸는 꿈이다.

발람 나의 입에서 떨어진 명령들이 눈에 띄지 않을 만큼 재빨리 숲을 가로질러 갔다. 죽음의 명령들이었다. 숲의 잎사귀들과, 땅 밑의 뿌리들을 통해 그 명령들은 지상 끝까지 전파되었다. 마른 나뭇가지들, 독이 든 가시나무들은 아무렇게나 자란 것이 아니었다. 이것들은 죽이기 위하여 존재했다. 이들은 적의 발길을 기

J. M. G. Le Clézio

신성의 언어를 아름답게 흩뿌려놓는 작가
살아 있는 신화라 불리는 르 클레지오

2008 노벨문학상 수상

"새로운 출발, 시적 모험, 관능적인 희열이 넘치는 작품,
지배적인 문명 너머 또 그 아래에서 인간을 탐사한 작가"
_노벨문학상 선정 이유

문학동네

황금 물고기 최수철 옮김

출간되자마자 프랑스에서 베스트셀러 1위에 올랐던 소설
신성의 언어를 아름답게 흩뿌려놓는 작가라는 탄성을 자아낸 작품

『황금 물고기』는 무한한 하늘을 갈망해온
작가가 오랜 방황과 모색 끝에 터득한 진리를
한 여인의 삶에 담고 있는 작품이다.
_중앙일보

우연 최수철 옮김

르 클레지오의 대가적 면모를 확인시켜주는 아름다운 소설

바다, 그리고 심연으로의 침몰을 통해 드러나는
인간 내면의 황홀한 비경.

성스러운 세 도시 홍상희 옮김

시적 산문의 정수를 보여주는 작품

사라진 성도를 찾아가는 세 편의 순례기.
사라진 문명 위로 흐르는 장엄한
비탄과 황홀한 시적 직관.

320페이지의 절망, 그리고 단 한 줄의 가장 아름다운 희망

감히 성서에 비견되는 소설!

THE

Cormac McCarthy 로드

코맥 매카시 장편소설 | 정영목 옮김

ROAD

2007 퓰리처 상 수상작!
아마존·뉴욕 타임스 베스트셀러 1위

★ 오프라 윈프리 클럽 선정 도서
★ 스티븐 킹이 뽑은 올해의 소설 1위
★ 미국 현지에서 180만 부 판매!
★ 〈워싱턴 포스트〉〈타임〉〈로스앤젤레스 타임스〉〈피플〉
　〈보스턴 글로브〉〈빌리지 보이스〉〈덴버 포스트〉〈뉴욕〉
　〈로키 마운틴 뉴스〉〈엔터테인먼트 위클리〉 선정 올해의 책

당신은 꿈꾸던 인생을 살고 있습니까?

당신 앞에 놓인 오직 한 번뿐인 오늘을 살아가는 법! 빛나는 삶으로 이끄는 101가지 지혜의 샘

마법의 이야기꾼, 『연금술사』의 작가 파울로 코엘료 첫 산문집

흐르는 강물처럼

파울로 코엘료 지음 · 박경희 옮김

Like the Flowing River

다리고 있는 움직이지 않는 화살이었다. 금단의 우물들, 뱀, 모기, 전갈 들은 자유롭지 못했다. 그것들은 밀실로부터 보내진 것이었다. 그것들은 진정한 십자가의 목소리에 복종하였다. 거인의 목구멍 속에서 토해져 나오듯 말이 사방에 울려퍼졌다. 어둠 속에서 터져나온 날카롭고 신음하는 듯한 그 목소리가 그 명령들을 낭송하였고, 그 말을 들은 자들은 전율하였다. 청회색 대지가 전율하였고, 나무들을 덮고 있는 타는 듯한 바람은 복수와 죽음의 말들을 사방으로 퍼뜨렸다. 모든 나무들이 십자가의 주제들이었다. 남자들은 나무 속에서 살았다. 그들은 숲의 군대들이었다. 신성한 장소에, 동굴 입구와 지하수층과 통하는 바위 단층 앞에 나무 십자가들이 보초를 서고 있었다. 그 십자가들은 사방의 하늘을 보여주었고, 그 한가운데서 온 대지를 찢는 느린 폭발이 있었다.

　　나무 벽 사이로 그들은 천천히 전진한다. 그들은 흔적을 따라간다. 그들은 꿈의 이정표를 알고 있다. 네거리 중심에 있는 펠리페 카릴로 푸에르토 광장에 텅 빈 교회가 있다. 이 교회는 아무 소리도 나지 않는 북이다. 발람 나는 텅 비어 있다. 아무도 말하지 않는다. 십자가. 진짜 십자가는 사라진 지 오래고, 다른 십자가들이 그것을 대신하였다. 그러나 이것들은 교수대를 닮은 죽은 나무 십자가들이다. 통치자의 집, 보초들의 집, 학교, 노예들의 막사 또한 모두 텅 비어 있다. 사방에서 소음이 들려온다. 라디오 소리, 구내식당의 주크박스 소리, 모터 소리, 정복자들의 메시지를 방송하는 확성기 소리들. 새 십자가는 아스팔트이고, 트럭들이 그 위를 지나간다.

그들은 추억이 없는 다른 세계로 들어가기 위해, 그리고 아마도 언젠가 봤던 신기루처럼 샨 산타 크루즈의 하얀 돔을 보기 위하여 후퇴하듯이 전진하였다. 먼지로 뒤덮인 길은 되는 대로 나 있었다. 그 길은 도망가는 자들이 지나는 길과 닿아 있다. 주저하고 비틀거리며, 때로는 넓어지기도 하고 때로는 좁아지기도 하는 그 길은 갈증과 허기와 절망의 길이다. 정복된 도시들은 계속해서 무너지고 있었다. 사원들은 텅 비고 성벽은 더이상 보호해줄 수 없었다. 모욕당한 신들은 시선을 돌린 채, 인간들을 망각한다. 이제 무거운 침묵이, 지독한 허무가 자리잡는다. 마치 돌연한 폭력이 대지의 모든 힘을 단숨에 고갈시켜버린 것 같다. 먼지가 나뭇잎들과 발자취를 완전히 뒤덮어버린다. 방탄 트럭들이 체투말, 툴룸, 티호수코에 이르는 수킬로미터 길을 무정하고도 고통스럽게 휩쓸어가고 있다. 트럭들은 무심하게 지나간다. 차바퀴 뒤로 흙먼지가 피어올랐다가 다시 가라앉는다. 모터 소리들이 나무 끝을 쓸다 사라진다. 빽빽한 나무들은 말이 없고, 소음과 말들은 더이상 퍼지지 않는다.

　　이곳엔 갖은 폭력이 난무하고, 한발이 극심하다. 그러나 모든 것이 아주 고요하다. 나무들은 미동조차 하지 않고, 하늘엔 아무것도 보이지 않는다. 다만 이유도 없이 구름떼 같은 작은 파리들만이 한곳에 몰려 있다. 땅바닥이 보이지 않는다. 단지 먼지길과 나무숲, 덤불, 가시나무들만이 보일 뿐이다. 구름 한 점 없는 파란 하늘에 태양이 타오르고 있다.

　　그들은 마치 마른 땅 사이로 밭고랑을 파듯이 앞으로 나아간다. 나무들, 관목숲, 먼지 긴 하늘마저 열에 들뜨고 갈증에 목이 탄다. 비가 내린 지는 아주 오래되었다. 하늘은 텅 비어 있다. 예전엔 진정한 십자가의 말씀과 더불어 비가 내렸었다. 구름 사이를 서서히 미끄러져내린 비가 가느다란 홈을 타고 흘렀다. 사막 아래를 흐르는 아름답고 생동감 넘치는 물은 동맥 속을 순환하였다. 그러나 이제 신들은 더이상 말이 없고, 십자가들도 말라버렸다. 저주받은 악마들이 새로이 보낸 방탄 트럭들이 캄캄한 길 위를 달린다. 트럭들이 지나갈 때면 경멸과 증오로 가득 찬 이름들, 펩시, 크리스탈, 환타, 미지언, 카르타 블랑카, 윙크, 오렌지 크러쉬 들이 보인다. 아무도 없는 대지 위에 원을 그리며 그 이름들이 떠돌고 있다.

먼지길을 무턱대고 그렇게 달아나는 것은 바로 그 때문이다. 아마도 언젠가는 물을, 옛날의 물, 언어를 찾을 수 있을 것이다.

아아, 슬프도다. 오 잇자스여! 당신의 종교는 강림한 진짜 신 앞에서 더이상 가치가 없도다! 그의 말은 오로지 죄악이요, 그의 교시도 죄악에 불과하다. 아 슬프도다! 그것은 입헌민주당원 형제들을 짓누를 것이다. 그것은 카툰 7 아호께서 통치할 당시에 일어났다. 그것은 가난과 고통이었다. 처음으로 요구한 세금 탓이었고, 내일도 모레도 세금을 감수해야 할 것이었다. 세금은 당신들의 자식들 또한 짓누를 것이다. 마을에 닥쳐올 가난의 무게를 견딜 준비를 하시오. 왜냐하면 왕좌를 차지한 이 카툰은 불행의 카툰이기 때문이오, 악마의, 불화의 카툰이도다. 당신들의 손님, 수염 난 남자들, 신의 징조를 전달하는 이들을 맞이하시오. 당신들의 맏형, 탄툰인들이 마침내 도착하였다. 그들은 신에게 바칠 봉헌물을 당신들과 함께 나누길 간청할 것이다. 그들 태양의 사제 이름은 아 미즈닐락페이다. 사이비 구세주 퓨마는 도래할 시간의 얼굴이다. 수많은 불행을 당신들에게 가지고 올 시간의 얼굴이다. 오! 통제라, 아들들이여! 이것이 우리 주님의 말씀이다. "카툰이 도착할 때 땅은 모두 불탈 것이며 하늘엔 커다란 흰 원이 나타날 것이다." 이것이 바로 하느님 아버지 입에서 나온 진실의 말씀이다. 아! 슬프도다! 기독교의 창설을 보게 될 카툰의 짐은 몹시 무겁다. 그때가 오면 신의 말씀은 구속이 될 것이다. 그리고 모든 사람들은 노예로 전락하리라.

어디까지, 언제까지인가? 샨 산타 크루즈는 멸망하였다. 그곳은 나무들의 수도, 뿌리와 잎들의 꿈이었다. 그리고 그곳에 사는 사람들은 숲의 머슴에 불과했다. 그들은 판야나무, 월계수, 쓰디쓴 서양삼나무 숲에 둘러싸여 지냈다. 그들의 주술적인 이름은 가지를 하늘로 뻗고 빽빽이 줄지어 늘어선 나무들의 이름이며, 장소의 이름이고, 땅속 이 나무에서 저 나무로 흐르는 물의 이름이며, 이제는 다 아문 상처들, 침묵과 고독의 이름들이며, 또다시 땅과 나무와 하늘을 뒤흔들 날카로운 고성이 터지기를 조용히 기다리는 달의 분화구처럼 머나먼 이름들, 예전엔 말씀의 힘에 의해 결합됐던 이름들, 그러나 지금은 말없이 조용히 표류하는 섬들처럼 버림받은 이름들이다. 그들은 앞으로 나아간다. 울타리의 말뚝처럼 딱딱한 나무들 사이로 난 통로를 따라 앞으로 계속 전진한다. 그들은 탐욕스럽게 찾고 있다. 자유, 물 냄새, 은밀한 목소리는 표지들을 찾고 있다. 그들의 내면세계는 꿀 먹은 벙어리처럼 한없이 조용하다. 며칠이고, 몇 주일이고, 몇 달이고 그들은 침묵한다. 몇 시간이고, 며칠이고 마시지도 않았다. 수놓은 옷을 입고 신성한 말씀들을 중얼거리는 여(女)십자가는 어디 있는가? 십자가들은 좁은 숲속으로 숨었다. 숲은 느긋한 삶 속에 응고된 채 말없이 잠자고 있다. 달아난 사람들은

베가

야신토 파트　　　　　　나우아트

메이

크레센시오 푸트　　　　　　　　툰

아브론시오 코윅

페드로 파스쿠알 바레라

예

줄　　　　　　　　　　　　아이

쿠풀　　　　　　　　　　　　코콤

테니엔테 술룹

세

에크　　　　　　　샨

후안 데 라 크루즈

크노리아

크칸샤칸

후아

쿠크체

크쿠잔

토홉쿠   틱슈알라툰

틱스카칼쿠풀

크코카이   칸콕

크산라   사카바

무추쿠스카   콕센

쿡스캅   노야   잡툰

치킨조누트   나발람   크샤실

폽   테피쉬   크카일

엑페즈   아캄 발람

크칼락조누트   지투쉬

티호수코   샨첸

투식

크마벤

숲속으로 숨어들어, 이제 이상하리만치 조용한 삶을 살고 있다. 먼지 속에 박히고 단단한 흙 속에 갇힌 그들은 부동과 노화 속에서 살고 있다. 다만 나뭇잎 사이로 동정을 살필 뿐이다. 그들의 눈은 나뭇가지들에 매달린 마른 과일 같다. 그들은 매일같이 비가 내리기를 기다리며 하늘을 살핀다. 물길이 다시 열리고 수평 갱도를 따라 땅을 뚫고 나온 지하수가 복수에 몸서리 치며 허기와 갈증을 단숨에 해소해주길 고대한다. 그토록 수많았던 속박과 열병이 한 차례 지나간 후, 어느 날 자유를 가져다 줄 그 물을 기다린다.

5 아호 시절, 5 물룩 시절엔 시골 저 너머까지 빵이 넘쳐날 것이다. 그 유례 없는 통치가 계속되는 동안엔 물도 풍족할 것이다. 왜냐하면 그 권능이 공표될 것이기 때문이다. 그 권능의 무게는 관능적이고 그 권력은 유일할 것이다. 그들은 진흙 늪지대 앞에 서 있고, 저수지 앞에 서 있다. 물이 가득 찬 도랑 앞에서 오월의 꽃은 밤낮으로 그들의 생명수가 되었다. 온 지상에 미칠 그 통치력은 유일할 것이다. 그 시기가 되면 그들은 우물과 동굴을 빠져나올 것이다. 왜

냐하면 위대한 잇자스들의 운명이 그러했으므로. 그
들은 자신들의 불행 때문에 떠났으며, 숲의 나라, 돌
의 나라로 가기 위하여 그들의 우물과 동굴을 떠났
던 것이다.

모욕당하고 정복당하여 오랫동안 나무들 사이로
도망다니다가 도착한 곳이 바로 이곳이다. 그들은 숲
한복판에 그들의 영토를 건설하였다. 춤사위처럼 원이
넓게 확대되며 성벽 같은 나무들을 밀어내었다. 땅이
나타났다. 그것은 녹슨 잿빛의 단단하고 마른 땅이었다.
분말 상태의 돌이 석회질 땅을 덮고 있었다. 원 한가운
데 희고 큰 바위들이 꿈쩍도 않은 채, 버티고 있었다. 그
곳에는 풀들도, 꽃들도 없었다. 기억을 잠재울 만한 부
드러운 것이라곤 하나도 없었다. 다만 태양 불에 말라
붙은 이 헐벗은 영역과 지평선까지 닿은 어두운 나무들
의 바다뿐이었다. 그것은 새로운 화염덩어리가 남기고
간 흔적이었다.

샨 산타 크루즈는 사라졌다. 충적토가 그곳을 뒤
덮어버렸다. 아스팔트, 막사들, 상점들과 다이나, 셰비,
포드, 블루 버드 들의 타이어가 일으키는 먼지구름으로

뒤덮여 이곳은 유령들이 활개치는 곳, 소음이 머릿속에서 두세 번씩이나 울리는 곳이 되었다. 조용한 벙커 앞 브라스밴드의 빨간 지붕 위엔 거대한 펩시콜라 병이 하나 서 있다.

이전에 숲을 떠돌던 이름들, 잔가지들 속에서 떨리던 이름들. 이 봉우리에서 저 봉우리로 부는 바람 속에 미끄러지던 그 이름들은 지하의 어두운 수평 갱도 밑바닥으로 흘러가버렸다. 우물 입구에 대고 불리던 이름들은 이제 더이상 들리지 않는다. 침묵의 인간들은 자기 가슴을 찔렀다. 그리하여 뛰던 심장은 멈추고 아주 긴 잠이 지상을 지배했다. 사람들은 잠에 빠져들었다. 그들은 두 눈을 감았고 서로를 떠났다. 그러나 모두가 일제히 잠 속으로 들어가면서 끝나지 않는 꿈속으로 들어갔던 것이다.

숲속의 빈터 한가운데에 있는 흰 바위들, 그 위에 꿈의 집이 세 채 서 있다. 그 집 주위로 마른 돌벽에 에워싸인 다른 집들이 둥그렇게 원을 그리고 서 있다. 그들은 너무나 많이 걸었다. 말없는 나무들 사이로, 먼 지길로 너무나 오랫동안 도망다녔기에 마치 사막 한가운데 텅 비어 있는 수도에 도착한 것만 같았다. 숲속의 빈터엔 남자도, 여자도, 아이들도 보이지 않았다. 다만 돼지, 개, 칠면조 등 몇몇 동물들만이 떠돌아다니고 있을 뿐이었다. 수놓은 옷을 걸친 십자가들이 도시의 길목을 지키고 있었다. 십자가들은 노병들이 꾸는 아주 긴 꿈의 수호자들이었다.

나머지 세상은 비어 있었다. 절망적으로 텅 빈, 벙어리 맹인이 틀림없었다. 그곳은 무감각한 나무들로 뒤덮인 굳은 땅, 이 병기고에서 저 병기고로 검은 도로들이 삽시간에 관통하는 곳이었다. 트럭들, 승용차들, 심지어 비행기들마저 진짜 소음과 참된 장소를 알지 못한다. 격하게 돌아가는 모터들이 허공을 가로질러 이 소음을 빠른 속도로 휩쓸고 지나간다. 남자들, 여자들, 그들은 어디 있는가? 버림받고 고독한 그들은 보이지 않는다. 숲 한가운데 꿈의 집 앞에서 노병들이 기다리고 있다. 그러나 그들은 자신들이 기다리는 것이 무엇인지 더이상 알지 못한다. 그들은 숲의 봉사자이다. 교차로는 잠들어 있다. 십자가도 잠들어 있다. 그들은 신호를 기다리고, 소음을 기다리고, 웅성거림과 떨림을 기다린다. 그것들은 땅의 중심과 하늘의 심연 속에서 동시에 나타날 것이다. 그리고 그것들이 때가 되었노라고 말하기를 기다린다. 꿈은 반대편 그리 멀지 않은 곳에서 아른거린다. 그것은 숲의 경계선에서도 아물거린다. 그리하여 기다리는 것은 언제고 결국 오게 마련이다.

근처에 있는 다른 장소의 세상은 붕괴되지도 썩지도 않았다. 그곳은 단순히 존재하지 않았다.

그곳은 몸짓, 행동, 돈, 그 모든 것이 지나쳐 가는 하잘것없는 통과 지점이다. 그러나 이곳, 성역의 중앙에 있는 십자가들의 집 앞에는 조용한 에너지가 흐른다. 침묵의 힘, 의지, 희망, 자유가 있다. 그리고 진정한 삶은 꼭 되돌아오게 마련이다. 기다려야 한다. 매일 집요하게 오로지 그것만을 기다려야 한다. 그들에겐 이제 그들의 신들에 대한 믿음말고는 더이상 아무런 힘이 없다. 그들은 그저 궁핍을 경험한 군인에 지나지 않는다. 십자가들은 영원성, 하찮은 영원성을 앞에 두고 있다. 그러나 인간들은 기다릴 줄 안다. 그들에겐 기억력이 있기 때문이다. 노르베르토 예, 아브론시오 코윅, 땅을 닮은 흙색의 무감각, 무감동한 얼굴, 단단하고 끈기 있고 고집 센 얼굴이다. 아무런 부도 바라지 않는다. 오로지 비로 족하다. 비는 내려야 하고, 또다시 말해야만 한다.

도처가 가뭄이다. 땅은 불에 탄 듯 단단해져 있

다. 발 밑 땅이 전율하고 나무 잎사귀들은 발톱 모양으로 오그라들었다. 숲은 빽빽하고 시커멓다. 하늘에서는 매일매일 해가 이글거린다. 그들은 더이상 신들을 볼 수 없다. 가뭄이 신들을 무한한 공간 속 몇 개의 작은 점으로 축소시켰기 때문이다. 메마른 목구멍들은 이제 더이상 말을 할 수 없다. 기억조차도 희미해져 몇 가지 흔적, 몇 개의 주름들만 남아 있을 뿐이다.

산카 데 라 베라 크루즈의 중앙에 신의 집이 기다리고 있다. 나뭇잎으로 엮은 지붕 밑 그늘은 동굴 입구처럼 시원하다. 발람 나의 깊숙한 어둠 속에 십자가가 보일락 말락 꼼짝도 하지 않고 서 있다. 서양삼나무로 만들어진 십자가들은 땅에 뒤덮인 나무들과 닮았으며 또한 사람하고도 비슷하다. 두 팔을 벌리고 있는 아주 높은 십자가는 긴 윗옷을 입고 있다. 제일 키 큰 십자가는 높이 3미터의 검은 거인 십자가로 세로로 줄이 간 긴 옷을 걸치고 있다. 십자가들과 물은 여자들이다. 물, 옥수수, 강낭콩과 삶이 주는 것, 그것이 바로 여자들이다. 어쩌면 그것들이 지금 샨 산타 크루즈의 폐허와 만나는 네 갈래의 길을 가르쳐줄지도 모른다.

툴룸

무나   비지아 치코

체투말

   컴컴한 집, 나뭇잎들의 둥근 천장 아래 옷 입은
십자가가 열을 지어 보초를 서고, 그 뒤로 반신(半神)들
이 작은 천막 속에 웅크리고 있다. 짚으로 짠 아치 밑의
동상들은 위협적이다. 죽음은 멀리 있지 않다. 어쩌면
복수도 멀지 않았는지 모른다. 어두운 대산림 속으로
사라진 유령들이 일렬로 줄을 지어 그들에겐 다시 닫혀
버린 길을 따라 전진한다. 햇볕에 그을린 얼굴, 먼지로
더러워진 옷, 가시에 찢긴 두 발로 그들은 물이 있는 한
지점에서 다른 지점으로 가고 있다. 그들은 큰 칼과 소
총으로 무장하고 있다. 진짜 십자가의 신음 소리가 발
람 나 데 샨 산타 크루즈의 시커먼 공기 중으로 울려퍼
진다. 나우아트의 복화술의 목소리다. 또다른 목소리가
거기에 응답한다. 지나칸탄의 상자 속에서 들려오는 소
리. 툴룸의 여자 예언가의 음성이다. 목소리들은 공기를

뚫고 이 십자가에서 저 십자가로, 이 나무에서 저 나무로 옮겨 간다. 이방인들은 그들의 회벽토 궁전에서 몸을 떤다. 십자가들 앞에 굶주린 자들이 모여 있다. 갈증과 열로 미친 상태다. 십자가는 그들의 주문을 받아적어 정부에 전갈을 보내고 벨리즈, 워싱턴, 로마의 교황에게 편지를 쓴다. 십자가들은 복수하려는 자들이다. 그들은 벌과 사형을 요구하고, 통역자는 그 소리를 듣고 주문을 전달한다. 지도자는 전투 계획을 세우고, 에스피옹 신부는 대리인들을 왕국 너머로 보내어 배신자들을 처단한다.

그러나 오늘날은 어떠한가? 나무들은 또다시 침묵과 부동의 상태에 있다. 그것들은 메마른 땅 위에 뿌리를 촘촘히 맞대고 있고, 나무 둥치들도 서로서로 바싹 붙어 있다. 나무들은 꿈의 수호자들이다. 그들은 나무줄기 속에 말들을 새겨넣었다.

사람들은 나무를 살피며 산다. 그들은 나뭇가지를 움직이게 하고 나뭇잎에 생기를 가져다 주는 동요가 다시 찾아오기를 고대하고 있다. 또한 온 땅, 온 하늘에서 전해오는 감미로운 속삭임이 파도처럼 밀려와 회색과 검은색의 산 곳곳을 오래지 않아 한껏 채우기를 기다린다. 이윽고 차가운 첫 숨결인 바람이 불면 나무들은 행진하는 군대 행렬처럼 물결치기 시작하고, 그 바람 뒤 지평선엔 뿌연 안개 얼룩이 두 날개를 펼치고 전속력으로 다가온다. 그리고 그들은 소리, 단지 떨어지는 물소리만을 들을 뿐이다.

아, 물이여 내리소서, 물이여 내리소서, 그리고 그 물과 더불어 복수가 이루어지기를, 어쩌면 정의와 삶도 이루어지기를. 타는 듯한 사막에서, 검게 그을린 나무 둥치들 사이에서, 하얀 먼지와 바위 속에 움푹 팬 우물들 속에서 모두가 기다리고 있다. 숲속의 빈터 중앙에, 예언자 재규어의 커다란 집에는 차가운 그늘이 가득하다. 사람들은 땅바닥에 무릎을 꿇고 옷 입은 십자가들 앞에서 작은 목소리로 기도하고 있다. 십자가들 뒤에 웅크리고 있는 동상들은 거의 보이지 않는다.

이곳이 바로 세계에서 가장 중요한 장소 중의 하나. 나무들로 뒤덮인 사막 한가운데의 한 점, 유일한 한 점이다. 멀리, 아주 멀리 떨어져, 알려지지도 눈에 띄지도 않는 지점이다. 몹시 평평한 지대에 자리잡은 이 땅은 아주 조용하고 소박한 장소이다. 이곳은 태양에 불타고, 가뭄으로 타들어갔으며, 입술을 꼭 다물고 있는 입처럼 조여져 조용하게 밀집해 있는 장소이다. 또한 우리가 진정 알 수 없는 곳, 우리가 진정으로 사랑할 수 없는 곳이다. 이곳은 불경건한 사람들은 침범할 수 없는 장소이다. 가는 나무 둥치로 만든 울타리들이 이곳을 소음, 단어들, 시선들의 신성모독으로부터 보호하고 있다. 이곳은 바위 속으로 팬 차가운 심연 위, 물 없는 땅의 중심지이다. 보이지 않는 물이 나무뿌리들을 타고 올라와 주거지 주위로 동심원의 흔적을 남긴다. 평평한 지대 한가운데 있는 예언자의 집에는 보이지 않는 물이 십자가들의 나뭇결 안을 달려 그 어깨 위에 별꼬리를 흩뜨리고 안개와 그늘로 교회 내부를 가득 채운다. 마치 언어처럼, 가볍고 무의미한 단어들이 녹아서 한데 섞이는 언어처럼 그것들은 이제 땅을 뒤덮고 운집한 사람들의 맨발 속을 미끄러져간다. 물은 유일한 말씀이다. 수세기 이래로 우리가 부르는 말이요, 발람 나에 울리는 옛 음성이다. 때로는 부드럽고 달래는 듯한, 때로는 삐걱거리기도 하고 날카롭기도 한 그 목소리는 구름 한 점 없는 하늘 속에 숨은 신들의 음성, 부재하는 신들, 우물 바닥과 지하 하천의 얼음장 같은 물 속에 숨어 있는 무서운 힘의 음성이다. 그 소리는 분명 복수를 부르는 음성, 황량한 벌판 위에서 갑자기 폭발하여 물방울과 섬광들을 튀어오르게 하는, 자연의 분노를 부르는 듯한 음성이다. 샤악, 하주즈 샤악. 수놓은 옷을 입은 검은 십자가들은 갈증으로 바싹 마른 신들의 해골들이다. 그러나 그들의 짧은 사지 속엔 삶의 완강한 힘이 깃들여 있고, 검게 그을린 판야나무 뿌리들 속으로 땅에서 불어오는 맑은 바람이 천천히 올라와 하늘을 향해 올라간다. 말〔言〕들은 기다리고 세포들도 기다린다. 뼈의 골수와 땅의 먼지들. 갈라진 땅, 풀들도 옥수수들도 기다린다. 기다릴 줄 아는 자들만이 구원받을 것이다. 눈에서 멀리 떨어져 있는 무한의 공간, 수세기 전부터 탐색된 푸른 공간 속엔 네 신들의 은신처가 있다. 가면을 쓴 신들은 맥(貘)* 사냥 나팔을 들고 얼굴을 찌푸리며 빈정대는 듯한 표정을 짓고 있다. 이 신들을 위해서 수많은 기도와 수많은 피를 바쳐야 했다. 그러나 오늘날 이 신들은 귀머거리, 벙어리들이다. 움직이지 않는 십자가들은 사지를 북쪽, 동쪽, 남쪽, 서쪽을 향해 뻗고 있다. 한

---

* 포유류 맥과 동물의 총칭. 몸 길이 2~2.5미터, 어깨 높이 1미터. 몸통이 굵고 꼬리는 짧다. 밀림의 물가에 살며 초목의 열매를 먹고 헤엄을 잘 친다. 중남미·말레이 지방에 분포해 있다.(편집자)

편 그 십자가들의 중앙, 그들의 자궁 속에서는 외눈이
쳐다보며 시선들을 마신다. 그렇다. 이곳은 지상에서 가
장 신성한 장소들 중 한 곳이다. 회색과 녹색의 황야 중
심부에 있는, 보이지 않는 무감각한 곳이다. 몇 번의 화
재가 어슬렁거려도 신경조직 같은 여러 길들의 합류점
은 없어지지도 않고 완강하게 남아 있다. 그리고 주변
의 모든 마을은 쓸데없는 모터들의 포효 소리에 두 귀
를 막고, 움직임, 동작, 쓸모없는 깃발의 번쩍거림에 두
눈을 감는다. 그리고 입을 꼭 다문 채 신음 소리, 한탄
소리 하나 내지 않고 몸을 떨며 소스라친다. 그러나 매
부리코와 두터운 눈꺼풀을 한 동(銅)마스크 뒤에 감춰
진 머리들 속에는 소금 빛깔 세상을 분할한 검은 십자
가가 있다. 두 눈들 뒤로 침묵의 넓은 땅이 열린다. 아주
넓은 커튼을 양쪽으로 젖히면서 마침내 자유로운, 마침
내 살아 있는 나라의 베일을 벗긴다. 입 안 입술들의 또
다른 한쪽엔 단조로운 노랫가락과 기도들이 있다. 사람
들은 발람 나의 포석 위에 무릎을 꿇고 윗옷을 걸친 십
자가들의 무리와 어둠 속에 웅크리고 있는 동상들을 뚫
어지게 응시한다. 그들의 시선은 시간의 또다른 쪽에서
근원을 향해 튀어오른다. 구름들이 몰려와 지평선 위에

열을 짓고 섬광들을 뿌리며 천천히 전진한다. 땅은 구름들의 접근에 마치 숨쉬는 가슴처럼 들썩거린다. 도처에, 나무들 속, 몸 속, 공기 속에 단 하나의 언어가 진동할 뿐이다. 이 언어는 진실, 물, 자유 이외의 다른 것은 결코 말하는 법이 없다. 자유, 자유.

　　발람 나의 어두운 방 안에서 식사가 시작된다. 사람들은 맨발로 토르틸라스, 포졸레와 강낭콩 수프를 나눠주는 신부들에게로 걸어간다. 뜨거운 액체는 목구멍을 태우고, 고추는 입술을 불태우며 옥수수빵은 위장을 가득 채운다. 음식과 음료수는 신들의 유일한 언어이며, 기도에 대한 유일한 화답이다. 아이들은 교회 안을 뛰어다니고, 여자들은 벤치에 앉아 조용히 음식을 먹고 마신다. 이곳에는 기념물들이 없다. 책들도 없고 말들도 없다. 오로지 식사만 있을 뿐, 힘을 주고 개념과 사고를 창조하게 해주는 유일한 일상의 식사뿐이다. 이 식사는 심장을 향해 가다가 이윽고 온몸 구석구석으로 퍼진다. 땅의 사방에서 복부까지 밀려온 파도들은 물과 땅과 바람의 메시지를 담고 있다. 이 물결들은 어두운 건물 속에 은은하게 울린다. 마치 고동치는 심장처럼 깊게 울린다. 아마도 그들은 저 위쪽, 하얀 태양 주위로 마치 하늘이 떨리는 것처럼 물결들이 끝없이 서로 동떨어져 달리는 것을 볼 수 있으리라.

　　여기서 사람들은 끊임없이 부른다. 그들은 물과 복수, 그리고 삶을 기다린다.

　　다른 곳. 텅 빈 도시에선 사람들이 움직이고 고함친다. 그들은 상승과 하강을 반복하고, 자동차 모터 소리들이 울리며 공기를 할퀴어댄다. 그들은 파괴를 원한다. 그들은 갈아부수고 살해하길 원한다. 그러나 샹카 사람들의 얼굴은 무표정하다. 구운 흙가면들이 그들의 얼굴을 가리고 보호한다. 두 팔 벌린 검은 십자가들, 하얀 휘필(멕시코 여자들의 속옷—옮긴이)을 입은 십자가들이 땅 한가운데 견고하게 붙박여 서 있다. 가는 나무들, 불에 타고 괴로워하는 나무들의 바다는 기약 없이 기다린다. 짧은 도관 속에선 물이 가볍게 내달음질치고, 깊은 균열 속에는 썩은 물이 고여 있다. 그러나 어느 날 진정한 물이 하늘로부터 내릴 것이다.

틱스카칼

Troi
ville
sainte

대지의 심연에서 올라온 밤의 냉기는 석회질 고
원을 단단하게 굳히고 나무뿌리들을 조인다. 바람이 분
다. 사막의 바람, 위험이 도사린 동풍이다. 사람들은 집
안에 틀어박혀 나뭇잎 지붕 아래 사이잘(용설란의 일
종—편집자) 해먹 속에 감싸여 있다. 그들은 아무것도
기다리지 않는다. 그러나 그들은 잠자지 않는다. 이곳은
언덕 꼭대기처럼 밤을 응시하며 불어오는 바람 소리를
들으면서 망을 보는 장소이다. 대지 속의 차가운 숨결
같은 냉기가 우물 입구로부터 올라왔다. 박쥐들이 맞바
람에 소리를 지르면서 옆으로 미끄러지듯 어둠 속을 날
아간다. 평평한 서녘으로 해가 지고 어둠이 갑작스레

지상으로 찾아오면 밤이 시작된다. 밤에는 전쟁이 종식 되는가? 첫 전투 이래로 시간은 무척이나 길기만 하다. 밤마다 마을들은 표류하면서 제국의 중심으로부터, 유령 샨 산타 크루즈로부터 멀어져 좀더 먼 곳으로 뗏목처럼 밀려간다. 숲은 시간이다. 숲은 나뭇가지와 뿌리들을 그렇게 증식시키면서 분리시킨다. 그리고 먼지 자욱한 길들이 길게 뻗어 있다. 밤이 시작된다. 하룻밤은 또다시 발람 나의 회색 돔으로부터 추방되고 있다. 십자가의 신음 소리도 더이상 울리지 않을 텅 빈 잔해 같은 발람 나는 이제 섬처럼 버림받고 밤 속으로 사라졌다. 빛이, 하늘의 타는 듯한 태양이 물러가고 몇몇 마을의 잉걸불만 반짝거리는 이 텅 빈 들판 외엔 이제 아무것도 남은 게 없다. 끝도 없이 걸어 피로해진 사람들은 오한에 떨고 부동 상태는 끔찍하기만 하다. 사방의 길이 막혀 있다.

　　이제 하늘이 모습을 드러낸다. 광대하고 검은 하늘에는 차가운 별들이 반짝거리고, 나무들 사이로 원반 같은 하얀 달이 천천히 떠오른다. 바람에 돌들이 달그락거리며 석회질 땅바닥에서 진동한다. 이곳에 물이라곤 없다. 다만 심한 추위, 차가운 공간뿐이다.

때는 밤, 바다로부터 멀리, 산에서도 멀리, 도시에서도 멀리 떨어진 평평한 땅 한가운데이다. 밤의 냉기가 찾아들면, 사람들은 더이상 말하고 싶어하지 않으며, 개들마저 울음을 그친다. 꼬마들은 홑이불에 싸여 엄마 옆에 바싹 붙어 있고, 노인들은 밤을 바라보며 해먹 속에서 몸을 흔들고 있다. 지금은 아무 할말도 없다. 여전히 할말이 없다. 비밀은 냉기와 어둠 탓에 입 속에 갇혀 있다. 사람들이 바라는 것은 밤에는 찾아오지 않을 것이다. 꿈들도 중단되고 추억도 없다. 추억은 해서 무엇하나? 이곳은 현재가 군림하는 곳, 지상에서 가장 주의 깊은 곳이다.

냉기가 동굴로부터 지상으로 올라와 마을의 광장으로 퍼지며 숲을 뒤덮는다. 그리고 사물들을 하나하나 차례로 에워싸며 바람과 달빛과 함께 집집마다 파고든다. 냉기는 해먹에서 자고 있는 사람들의 몸 속에도 들어가 근육들을 수축시키고 입술을 마비시키며 등의 골수를 짓누른다. 태양이 사라진 밤은 무자비하다. 꼼짝하지 않고 두 눈을 크게 뜨고서 울타리 사이로 달빛이 환히 비치는 풍경을 바라보며 몇 시간이고 움직이지 않고 가만히 있어야만 한다.

이곳에선 잠을 이룰 수 없다. 부재할 수도 없다. 신들이 시선을 돌려 인간들에게 내준 세상의 이 부분에 바로 의식의 중심이 있다. 멀리 떨어진 다른 곳, 발라돌리드, 티지민, 펠리페 카릴로 푸에르토, 체투말, 푸에르토 후아레즈에는 범죄, 모욕, 돈, 흰 궁전들을 소유한 외국인들의 지배, 굶주리고 모욕당한 백성, 시멘트 도시 속에 들끓고 파괴하는 모든 것, 거짓말, 도둑질, 그리고 살인이 있다. 십자가의 권능을 모욕하는 짐승같이 추한 생활, 위증과 불경한 행동이 예사로 일어난다. 매일 이같은 일이 일어나지만 단 한 번도 벌받지 않는다. 가뭄은 물의 말씀이 부재한 것이다. 그러나 저 건너편에서 물은 연못과 수영장으로 헛되이 흘러간다. 그리하여 우물 앞에서 십자가는 벙어리가 되고, 책들은 잊혀진다. 브라보 장군의 승리, 샨 산타 크루즈 점령, 벨리즈 영국인들의 배신, 메이 장군의 배반, 이런 것들은 기억 속에는 각인되어 있지 않지만 대지의 표면, 도시의 광장들에는 명백하게 드러나 있다.

평평한 지방의 중심, 성도의 중앙, 노호크 타티쉬의 집안에는 마르셀리노 푸트라고 불리는 늙은 군인의 무표정하고 거만한 얼굴이 있다. 흙색 얼굴에 골이 깊은 주름살, 넓은 광대뼈, 가장자리가 처진 입술, 커다란 매부리코. 묵직하게 보이는 눈꺼풀엔 증오도 경멸도 배어나오지 않지만, 노쇠에서 오는 피로에 살짝 가려진 조용하고 오만한 자신감이 느껴진다. 그 얼굴은 아무것도 얘기하지 않는다. 사라져가는 햇빛 속 집 한가운데 그는 군림하고 있다. 그의 먼 시선은 보초들의 집 주위에서 움직이고 있는 사람들, 그들의 발걸음을 향하고 있다.

그로 인해 너무나 많은 낮과 밤이 흘러 제국의 중심, 발람 나의 버림받은 범선, 전장, 묘지로부터 서서히 멀어진다. 인간들의 전투가 벌어진 것은 몇 에이커 안 되는 땅을 차지하기 위해서가 아니라, 진정한 말씀을 구원하기 위해서였다. 그들은 옛날 노호크 타티쉬가 크루즙 병정들에게 명령할 때, 십자가의 해설가 타타폴린이 마지막 전언을 받아쓸 무렵에 이미 그 말씀을 들은 적이 있다. 그후 윱 폴 잇자가 후안 데 라 크루즈의 말씀을 받아적었다. 그것은 온 지상의, 온 숲의 말씀이며 지하동굴을 흐르는 차가운 물의 말씀이고, 망각할 수 없는 생명의 말씀이었다.

그러니 사랑하는 크리스천들이여, 나는 어린이, 어른, 그대들 모두에게 명한다. 이는 당신들이 반드시 알아두어야 하는 것이기 때문이다. 오늘이 그날이라는 것을. 옛날과 똑같은 전투 기술로 백인들과 한 번 더 접전을 벌이기 위해 나의 인디언들이 들고 일어날 해, 그날이라는 것을. 나는 어린이, 어른, 그대들 모두에게 명한다. 내 명령에 따르는 모든 병사들이 그것을 알도록, 그들의 영혼에, 그들의 가슴에 이것을 간직할 것을 명령한다. 심지어 그들에게 겨누어진 백인들의 권총이 불을 뿜는 걸 듣고 보게 될 때조차 그들은 두려워하지 않는다. 어떤 나쁜 일도 그들에겐 일어나지 않을 것이기 때문이다. 그리고 나의 인디언들이 또다시 백인들과 싸워야 할 그날, 그 시간이 왔으며, 그것이 바로 지금이기 때문이다…….

진흙 빛의 단단하고 온화한 얼굴, 90년의 세월 동안 태양과 화재로 그을린 땅의 빛깔, 비에 닳고, 허기와 고통에 순화된 진정한 얼굴, 가장 아름답고 가장 평온한 이 얼굴이 마을 중앙에 군림하고 있다. 그는 더이상 전쟁터에서 명령하지 못한다. 그의 눈빛은 이제 더이상 복수의 빛이 아니다. 그의 시선은 이제 숲으로 가로막혀 잊혀지고 있다. 어쩌면 폭력과 도시 정복자들로부터 그를 영영 앗아가버릴지도 모를 밤의 어둠이 주위를 짙게 물들이는 동안에도 그는 나무들의 고장, 옥수수와 강낭콩 밭, 나뭇잎 집들, 우물을 통치하고 있다. 그는 마을들, 엑스마벤의 아도브* 벽돌집들, 세뇨르, 투식, 익스카이셰의 양철과 벽돌집들, 티호수코, 아캄 발람, 자시의 폐허가 된 궁전들의 진정한 군주이다. 무장한 남자들은 더이상 사바나를 돌아다닐 수가 없다. 북쪽에서 남쪽까지 이어진 아스팔트 길에는 육중한 트럭들이 웅웅 소리를 내며 질주하고, 먼지길에는 뱀들이 자전거 바퀴 같은 흔적을 남기며 기어간다. 뱀들은 달빛 어스름한 밤에 쥐와 개구리 사냥에 나선다.

　그러나 이곳, 평원의 중앙엔 아무 움직임도 없다. 노인의 얼굴은 한치의 동요도 없이, 말도 없이 모든 시간을 지배하고 있다. 그의 이마, 눈, 양쪽 볼에서 의식과 이 땅을 지배하는 힘이 나오고 있다.

　그렇다. 이곳이야말로 바로 지상에서 가장 깨어

---

* 햇볕에 말려서 만든 벽돌. 미국 남서부와 멕시코에 아도브 벽돌로 지은 집이 많이 있다.(옮긴이)

있는 곳, 고도의 의식의 장소이다. 의식은 기다리지 않으며, 아무것도 요구하지 않는다. 의식은 지나가는 날들을 붙들지 않는다. 밤도 헤아리지 않고, 시간도, 행동도 쌓지 않는다. 그것은 비판하지 않는다. 그렇게 조용히 오만하게 의식이 요구하는 것, 그것은 복수도, 돈도 아니다. 의식은 신들의 욕망과 일치한다. 그것은 오로지 빵과 물만을 요구하는 것이다.

　지상의 갈증은 몹시 심각하다. 갈증은 밤이고 낮이고 입술을 마르게 하며 목구멍을 조이고 손가락 끝에 피가 나게 한다. 밭들 역시 목이 마르다. 갈라지고 틈이 벌어진 땅, 빈 밭고랑으로만 남은 경작지. 도시 주위, 줄기가 가는 나무들이 차가운 공기 속에 어둡게 서 있다. 밤은 흑요석과도 같다. 밤은 거대한 검은빛으로 물도 없이 반짝거린다. 바람이 분다. 그러나 바람은 구름도 안개도 실어오지 않는다. 바람은 바위 고원에 에는 듯한 추위만을 실어온다. 공기, 땅, 하늘은 모두 헐벗었다. 다른 곳에는 아마도 강, 호수, 그리고 물과 수포로 가득 찬 수도관도 있을 것이다. 또다른 곳에는 한없이 파란 수영장과 따뜻한 욕조, 은행가들과 사이잘 상인들의 궁전에 찰랑거리는 투명한 연못, 황소떼를 위한 연한 목

초지, 분수, 샘물들이 있다. 다른 곳에는 식탁 위에 언제나 마실 수 있도록 항상 채워지는 물잔이 놓여 있다.

그러나 이곳, 숲 한가운데에는 노인의 단단하고 부드러운 얼굴이 군림하고 있다. 이곳에서는 숲 한가운데에 있는 노인의 기도로 순환하는 물이 탄생한다.

이곳의 물은 쉽게 태어날 줄 모른다. 이곳의 물은 생명처럼 수개월 동안 기도한 후에라야 솟아난다. 우리가 그것을 소망하고 욕망해야만, 매일 밤낮을 온몸과 온 정신을 모아 쳐다보며 말한 후에야 솟아오른다.

밤에 늙은 얼굴은 미동도 하지 않는다. 그러나 그에게서는 끊임없이 말이 솟는다. 인간의 행동과 지상의 삶을 지휘하던 오래 전의 말이 흘러나온다. 그 시선에 증오는 더이상 나타나지 않는 것 같다. 다만 지금은 아주 큰 연민만 보일 뿐이다. 그는 시작에서 종말까지 일련의 이야기를 전부 알고 있기 때문이다. 그 시선은 밤을 통해 숲의 반대편에서 오는 모든 것, 불타고 있는 마을들, 황폐해진 재배지, 죽은 아이들, 붉은 연기로 뒤덮인 지평선 모두를 보고 있다. 그 시선은 차가운 밤을 관통하여 멈춰 있는 것을 바라본다. 패자들의 말은 정복자들의 말보다 훨씬 더 크게 울린다. 그 말은 바람처럼 나뭇잎 사이로 지나가고, 대지의 균열 속에서 움직이며 깊은 우물의 침묵을 뒤흔든다.

어둠 속에서 신음하는 목소리가 다시 말한다. 그목소리는 그치지 않는 전쟁에 대한 이야기를 들려준다. 인간에게 물이 주어지지 않기 때문이다. 그러나 피가심장에서 솟구칠 때 물은 하늘로부터 흘러내려 땅으로스며든다. 그러나 오늘 경비대 마을 주변의 협소한 대지는 차갑다. 마르셀리노 푸트의 얼굴은 돌처럼 단단하다. 주름살은 깊이 패었으며, 피부는 낮에는 뜨겁고 밤에는 얼음장처럼 차다. 십자가의 최후의 보호자, 미완의전투의 최후의 병사, 마르셀리노 푸트는 잠을 자지 않는다. 그는 이 세상에서 가장 조심스런 남자, 사바나 땅의 관리자, 미래를 알고 있는 남자이다. 그는 또한 옥수수와 우물과 나무를 지키는 자, 보이지 않는 구름이 다가오는 것을 살필 줄 아는 자, 페드로 파스쿠알 바레라의 마지막 십자가의 말씀을 듣는 자이다. 또한 자기 집안에서 세상의 구석구석으로 통하는 길들을 볼 수 있는자이다.

이곳은 밤이다. 그 얼굴은 공간에게 명령한다. 힘과 지식이 아니라, 단순히 시선만으로 명령한다. 역사는 중단되지 않기에 사람들은 잊을 수가 없는 것이다. 마을에서는 남자들과 여자들이 똑같이 호흡하고, 식물과 나무들은 같은 리듬에 따라 성장한다. 숲들은 동작을 하고 입술마다 똑같은 말을 한다. 아무것도 멈춘 것은 없다. 과거, 그것은 존재하지 않는다. 다만 인간들이 늙어 죽을 뿐이다. 그러면 속삭여진 말은 이 몸에서 저 몸으로 전달된다.

그 얼굴은 굳어 있고 평온하다. 그의 기세가 어찌나 대단하던지 외국 말들은 올 수가 없다. 그 말들은 자기들이 있던 곳, 시끄럽고 호들갑스럽고 귀에 거슬리고 쓸모없는 부름으로 남아 있다. 외국인들은 수백만에 달한다. 그들의 권총은 번쩍번쩍 윤이 나고, 자동차 모터들은 붕붕 소리를 낸다. 그들은 자기들의 물을 쉽게 마시고, 식욕도 없으면서 빵을 먹는다. 그들 패거리들은 쉽게 불어나고, 돈으로 끊임없이 사고, 팔고, 또 산다. 그들의 폭력적인 나라에는 신이 존재하지 않으며, 또 결코 나타나지도 않는다. 어떻게 신들이 올 수 있겠는가? 하늘은 지붕과 벽으로 땅과 분리되어 있다.

이곳의 하늘은 너무나도 광대한 나머지 땅이 거의 없는 것 같다. 평원 위에 하늘은 새까맣고 심오하게 펼쳐져 있다. 차가운 별들은 움직이지 않는 빛으로 반짝거리고 달은 만월이다. 숲 위로 보이는 밤의 빛은 아름답고도 멀게만 느껴진다. 마을의 광장에 있는 집 그림자들은 몹시도 까맣다. 아마도 몇 마리의 뱀들이 길을 가로질러 지나갈 것이고, 보이지 않는 박쥐들은 우물가를 날며 시끄럽게 울어댈 것이다. 밤은 마치 아주 높은 산꼭대기에 있을 때처럼 조밀하고 차갑다.

병사들은 잠을 이루지 못한다. 결코 자는 법이 없다. 해가 떠오르면 그들은 옥수수 농장으로 일하러 나가고, 밤이 되면 너른 집 안으로 들어가 십자가 앞에서 타고 있는 양초 불을 바라본다. 그렇지 않으면 해먹에 누워 조용히 숨을 쉬며 밤을 응시한다. 아이들은 여자들의 가슴에 달라붙어 있다. 불들이 꺼졌다. 조금 후 달이 나무의 선을 따라 내려오기 시작하면 남자들은 눈꺼풀을 닫는다. 그러나 노인은 혼자 남아 있다. 그의 시선은 끊임없이 그의 얼굴을 벗어나 도시 위를 감시하고 있다.

십자가 집 문앞에 경비 두 명이 지팡이에 기대어 서 있다. 말이 없는 그들은 보초를 서기 위해 다른 마을에서 온 자들이다. 피로, 추위, 건조함이 그들을 고통스럽게 한다. 오직 노인의 시선만이 추위와 움직이지 않는 별빛과 더불어 밤의 심연으로 녹아들고 있다.

십자가 집 주위엔 아무도 없다. 이곳, 이 사막은 땅과 우물과 나무 들을 지키는 시선이 태어나는 곳이다. 외국인들이 제국을 정복했기 때문에 전쟁은 끝날 수 없다. 만약 노인이 자기 시선을 굽히고, 보초들이 교회 문에 지팡이를 내려놓는다면, 그리고 남자와 여자들이 잠에 몸을 내맡긴다면, 그러면 아마 하늘엔 늘 구름 한 점 없을 터이고, 옥수수는 뜨거운 땅에서 타버릴 것이고, 서쪽으로 지는 해는 앞으로는 결코 동쪽에 다시 떠오르지 않을 것이다. 이곳은 지상에서 가장 주의 깊은 곳, 보초의 중심이다. 비가 내릴 수 있도록, 그리고 바다 위 하늘에서 물이 태어날 수 있도록, 바람을 타고 혹은 도로 위로 흐르도록 물이 저수지에서 철철 흘러 틈으로 땅 밑바닥까지 스며들도록 하기 위함이다.

후안 데 라 크루즈의 목소리가 다시 말한다.

자, 나의 자식들이여, 이것을 알아야 한다. 내가 이제 지상에 명령을 내리노니, 그대들 마을의 사랑받는 민족이여, 그대들은 알아야만 하기 때문이도다. 오늘은 주께서 나로 하여금 지상의 창조물인 그대들에게 이야기하도록 정해주신 날. 나는 그대들에게 그것을, 마을의 사랑받는 민족을 이야기하리라. 나는 주 앞으로 나아갔다. 그대들에게 이야기할 수 있는 기회를 내게 좀더 허락하시도록. 나는 더이상 그대들에게 이야기하지 말아야 했으므로. 그러나 나는 그리하겠다. 나의 자식들이여, 내가 그대들을 불쌍히 여기나니. 그대들이여, 내가 그대들을 창조하였고, 그대들을 구원하였노라. 내 소중한 피를 그대들을 위해 흘렸기 때문이노라……

그대들은 알지 못하는가?

내가 성스런 십자가에 못박힌 후, 수많은 천사와 세라핌 천사들에게 인도되었다는 것을. 그러므로 나의 자녀들이여, 나는 그대들이 내 명령을 어긴 것을 용서하노라. 내가 마을의 크리스천들을 창조했기 때문이도다. 주께서 그대들에게 그분의 허락과 특별한 배려를 내리시도록 매순간 내가 수십만 천사와 세라핌들을 데리고 주께서 계신 하늘의 왕국까지 가기 때문이도다. 나의 자녀들이여, 주께서 일찍이 내게 원수는 결코 이기지 못하며, 오로지 십자가들만이 이

길 수 있다고 말씀하셨기 때문이도다. 사랑하는 내 동지들이여, 나는 그대들을 결코 원수의 손아귀에 넘기지 않으리라.

가뭄은 오랫동안 계속되었다. 평평한 대지에, 단단한 바위에, 마르셀리노 푸트의 얼굴에, 수백만 그루의 불탄 나무들 위에서. 그러나 물, 그 자유는 틀림없이 올 것이다. 신들의 피인 그 물은 아이들과 여자들이 마시고 판야나무의 나무뿌리들이 마시며, 동물들과 남자들이 마실 수 있도록 반드시 와야 하는 것이다. 하늘의 물 속에서 여자와 남자가 한데 섞이고, 물 속에서 하늘과 땅이 조우하며, 돗자리 위에서 무릎 꿇은 아푸가 동정녀 익스퀵을 수태시킨다.

그러나 말씀이 오기까지는 오랜 시간이 필요하다. 밤의 침묵은 평원 위에 군림하고, 검은 하늘은 텅 빈 제국이다. 지상 위에 생명을 붙잡아두려면 수많은 말씀, 수많은 기도가 필요하다. 자기 집 한가운데에 홀로 있는 노인의 얼굴에서 시선이 약해지지 않고 계속해서 뿜어져나와야만 한다. 교회 안의 하얀 옷을 입힌 거대한 십자가 앞에서 코펄(열대산 수지의 일종으로 니스의 원료—편집자)이 계속 불타야만 한다.

십자가로 이어지는 것은 먼지길은 아니다. 그것은 시선의 길, 옛 제국에 울리던 말들의 기억, 외국인들의 무기와 대포에 맞서 마을 남자들을 봉기시켰던 불타는 말들의 기억이다. 해석자 음 폴 잇자는 계속해서 산산타 크루즈에 있는 후안 데 라 크루즈의 말들을 받아쓴다.

자, 그러므로 나의 크리스천들이여, 마을의 아들들이여, 그대들의 가슴속에 나의 계명을 간직하라. 나의 자녀들이여, 나 자신, 꼼짝하지 않고 그대로 머물 수가 없으니. 나는 끊임없이 길을 떠나고, 내 목과 배는 꺼지지 않는 갈증으로 메말랐노라. 그대들을 보호하기 위해 나는 유카탄을 지나 여정을 계속해가나니……

말들은 사라지지 않았다. 그 말들은 사막에서, 어두운 숲속에서, 옥수수밭에서, 우물 입구에 계속해서 진동하고 있다. 밤에는 그 말들이 새카만 하늘 한가운데서 소리없이 희미하게 반짝거리며 머나먼 이상한 섬광으로 지상을 비춘다. 말들은 또한 사람이다. 사바나를 지나 도망가는 자, 가시나무 문을 꼭 걸어닫는 자, 발자취를 분리시키는 자, 마지막 수확물에 불을 지르는 자들이다. 이 폐허와 무덤들 외에 더이상 아무것도 남아 있지 않을 때, 그때 이 말들은 얼굴들 속으로 들어가고 입술들은 다시 닫힌다. 이 말들은 나무 둥치 속으로 들어가고 단단한 껍질이 그 상처 위로 꽉 아물린다. 말들은 그 말들이 나온 물의 마지막 피난처인 우물 쪽으로 되돌아간다. 지평선 너머, 아주 먼 공간 끝으로 그 말들은 숨어버려, 그 누구도 그 말을 들을 수 없다. 그러나 시선들만이 아직 말을 한다. 그 시선은 고정돼 있으며 강하다. 시선은 사람이 태어난 장소를 버리지 않는다. 시선은 더이상 증오도 복수도 알지 못한 채, 물의 원천을 향해, 미래를 향해 되돌아간다.

떨어져 사는 자들은 기도한다. 떨어져 사는 자들은 외롭다. 그러나 그것은 숨기 위해서도, 자기 자신을 방어하기 위해서도 아니다. 다만 순수해지기 위해서이다. 저 너머 상인들의 도시, 그곳 남자들은 연약하고 거칠다. 그들의 눈은 탐욕으로 번뜩인다. 그러나 매일 찾아오는 태양은 그들을 위한 것이 아니며, 빛, 그림자, 물,

바람 또한 그들을 위한 것이 아니다.

떨어져 사는 자들은 도망간 자들이 아니다. 나무들이 단단한 땅에 뿌리를 박고 있듯 그들은 그 자리에 머물러 있다. 그러나 주위의 외국인들은 가버렸거나, 소탕되었거나, 끌려가버렸다.

떨어져 사는 자들, 그들은 눈을 감지 않는다. 그들은 살아 움직이는 자기들 시선을 보존했다. 그러나 그들 주위의 외국인들은 잠을 잤다. 전쟁이 끝난 지금, 패배자들은 어디 있는가? 사람들은 대지를 닮고, 나무들과 비슷해졌다. 남자들의 피부는 땅의 빛깔을 띠고, 여자들의 살은 옥수숫빛이다. 빵과 물만으로 사는 자들은 절대로 패배하지 않는다. 그들이 원하는 것은 부도 아니고, 외국 땅에 행사하는 권력도 아니다. 그들은 다만 고집스레 그렇게 시선과 말의 힘만으로 그들이 살고 있는 세계의 질서를 추구할 뿐이다. 떨어져 사는 자들은 자기들 나라에 공허가 깊어지는 것을 보았다. 그들은 밤이 오는 것을 보았고, 침묵을 확인했다. 그들 시선의 힘은 이 장소에 그것들을 모두 붙잡아두었다. 그러나 그들 주위의 세계는 나약하고 죽음을 면할 수 없다. 분리시키는 것은 시간이 아니다. 그것은 나무들, 바다이다.

이곳은 승리의 장소, 조용하고 항구적인 진실이 승리하는 곳이다. 이곳엔 더이상 말도, 생각도 없으며, 신들도, 법도 없다. 있는 것이라곤 손동작들, 몸의 움직임, 이 시선들이다. 햇빛은 매일 옥수수밭과 나뭇잎으로 덮인 지붕, 먼지 자욱한 길들을 비춘다. 추위는 매일 밤 우물 입구로부터 나와 돌들을 타닥거리게 한다. 이곳에 다른 기도는 없다. 그리하여 지평선 저쪽에서 물로 팽창된 구름들이 천천히 미끄러지면서 나타날 수도 있다.

떨어져 사는 자들은 계속해서 말씀을 듣는다. 말씀은 지하에 팬 회랑 속에 울려퍼진다. 이제 이 말은 더이상 증오의 말이 아니다. 이것은 다만 자유의 말들, 한번도 패배하지 않는 자들을 위한 자유의 말이다.

사랑하는 나의 크리스천들이여, 마을의 아들들이여, 그대들에게 해야 할 말이 아직 더 남아 있도다. 그대들은 있는 그대로의 나를 잘 볼 수 있으리라. 나는 나무 그림자에 불과하다. 그러나 그대들 모두는 나를 볼 수 있다. 모든 어린이나 어른들, 어른이라고 이름 붙여진 자들 모두 나를 볼 수 있다. 주께서 나를 부자들 편에 두지 않으셨기 때문이니. 나의 주께서 나를 장군들 편에 두지 않으시고, 지휘관들 편에도 두지 않으셨다. 나의 주께서는 나를 돈이 많은 자들 곁에 머물게 하시지 않고, 스스로 고상하고 능력 있다고 믿으며 떠벌리는 자들과도 함께 두시지 않았으며 되레 가난한 자, 불쌍한 자들 곁에 머물도록 하셨도다. 나는 가난한 자, 나의 주인이 불쌍히 여기는 자이기 때문이니. 그분은 나를 사랑하신다. 내게 베푸는 자는 자기 재산이 불어나는 것을 볼 수 있는 자라는 것이 바로 신의 뜻이니…… 여기 또다른 신이 있는가, 내게 말하라, 왜냐하면 나는 하늘과 땅의 주인이며 모든 인간들이 나의 자녀들이기 때문이도다…….

이제 밤이 물러가고 빛이 또다시 부드럽게 천천히 나타날 것이다. 밤의 냉기는 땅속으로 스며들고 그림자들은 먼지 낀 땅바닥 위로 점점 더 커진다. 고정된 시선은 공간과 시간을 관통한다. 별빛과도 같은 그 시선은 아름다운 빛과 결합한다. 십자가 집 앞에선 지친 두 보초가 지팡이를 내려놓고 잠을 청할 피난처를 찾는다. 아무 일도 일어나지 않았다. 아직 아무 일도. 밝은

하늘엔 구름 한 점 없다. 미동도 않는 나무들 위로 해가
솟아 하늘 꼭대기를 향해 소리없이 올라간다. 여전히
추운 광장에서는 여자들이 우물 쪽으로 걸어가고 있다.

숲 품

Troi
ville
sainte

평평한 땅 위로 꽃길이 곧게 뻗어 있다. 나무의 가는 줄기들이 하얀 먼지 속에 우뚝 솟아 있고, 하늘 높이 떠 있는 태양이 빛 한가운데에서 계속 불타고 있다. 태양 아래 짧은 그림자를 던지며 그들은 나무의 벽들 사이로 걸어간다. 먼지가 발 밑에서 버석거리며 작은 구름들을 일으켜 발목을 감싼다. 이따금 바람이 분다. 하늘에서 불어오는 것 같은 뜨겁고 맹목적인 바람, 태양의 바람이다. 땅은 끔찍하리만치 목이 탄다. 나무들과 덤불들도 갈증을 느낀다. 갈증이 극에 달하고 열도 몹시 심하다. 입 안에서 말이 돌처럼 까칠거린다. 몇 날 전부터, 몇 달 전부터 그들은 물을 기다리고 있다. 그들은 이제 말을 많이 하려 하지 않는다. 말들이 식도 벽을 벗기고 입술에 피가 흐르게 하기 때문이다. 그들은 이제 숨도 잘 쉬지 못한다. 공기가 화상을 입히기 때문이다. 두 눈은 이 모든 흰빛과 가뭄으로 아프다. 어디에서고 보이는 것은 냉혹함뿐이다. 태양 주위에 커다랗고 하얀 원이 보인다. 독수리들의 원, 모기들의 원이다. 그러나 그들은 서둘러 전진한다. 마치 큰 기쁨이 당장이라도 나타날 것처럼, 해방이 곧 다가올 것처럼.

숲 한가운데 유일한 아스팔트 길 위로 일등석의 시외버스들이 툴룸과 체투말을 향해 돌진하고 있다. 앞창이 넓은 파란 시외버스들은 뜨거운 공기 속을 휙휙 바람 소리를 내며 전속력으로 곧장 달려간다. 그 버스들은 치클나무 숲을 지나가고, 마세후알레스를 갈망하는 땅을 멈추지 않고 지나간다. 시끄러운 모터 소리가 들리다가 이내 사라져버린다.

그러나 그것은 별것 아니다. 여기에서는 햇빛이 태우고 건조시킨다. 어디에고 존재하는 햇빛은 텅 빈 하늘과 황량한 땅 위에서 반짝인다. 이곳은 해방의 장소이기 때문이다. 그렇기에 그들은 숲 중앙을 향해 먼지 길을 전진하는 것이다. 태양은 목덜미와 두 손을 태우고, 탁해진 피는 동맥 속에서 고동친다. 마치 북 치는 사람들과 방울 단 무희들이 나무들 틈에 숨어 있기라도 하듯 사람들의 발자국들이 먼지 땅 위를 튀어오르며 공간 속에서 진동한다.

그것은 소리 없는 이상한 음악, 빛처럼 새하얀 음악이다. 그들은 숲속을 걸어가면서 머릿속으로는 이 음악을 듣고 있다. 그들은 지금 어디로 가고 있는가? 성도들은 이제 더이상 존재하지 않는다. 눈부시게 하얀 도시들이 신기루처럼 지평선 위에 떠 있었다. 둥근 궁룡들, 돔들, 회교 사원들, 우뚝 솟아 있는 정원들, 약슘새 깃털 옷을 입은 사람들 행렬이 굽이치며 이어지는 수직 계단이 있던 붉은 사원들이었다. 성소들, 향로에서 연기를 피워올리던 석탁, 하늘처럼 매끈한 안뜰을 둘러싼 단단한 성벽, 놀이터, 시장, 무도장 들이 있었다.

이름들이 남아 있다. 묘석 위에 새겨놓은 이름들과 똑같은 이름들이 아직까지 남아 있다.

질람

지빌찰툰

이자말

옥킨톡

마야판

치첸 잇자

자이나　욱스말

약수나

카바

라브나

코바

사일

툴룸

퀘익

크탐팍

에츠나

지빌노칵

푸스튀니쉬

이취파툰

베칸

치반체

리오 백

돌길들은 부서지고 아치들도 무너져내렸으며 사람들이 축조한 산들은 나무들과 가시덤불로 뒤덮여 있다. 아무도 고원 꼭대기에서 하늘을 볼 수 없고, 그 누구도 사암 묘석 위에 그날의 날짜를 새겨넣지 않는다.

9. 16. 0. 0. 0. 2 아호 13 첵

큰 코를 가진 신들, 용과 박쥐 가면을 쓴 신들, 사슴 몸을 한 신들은 우주 깊숙이 숨어 있다. 사바나엔 침묵이 막강하게 자리잡고 있다. 침묵은 나무들을 조이고 땅을 수축시키며 우물들을 봉쇄하고 하늘을 냉혹하게 만든다. 그들은 하얀 길을 몹시 고독하게 걸어가듯 침묵 속을 행군한다. 그들은 앞으로 몸을 수그린 채, 길이 끝나는 곳, 아직도 언어가 존재하는 곳, 의식과 삶이 존재하는 곳으로 가기 위하여 더운 공기를 가르며 힘겹게 전진한다. 한발의 침묵이 벙어리들의 도시 위에 군림한다. 그곳 사람들은 혼자서 잠이 든다. 아스팔트 네거리에서, 트럭, 창고, 수용소의 그늘 밑에서 꿈도 꾸지 않고 그들의 저주받은 기호들에 둘러싸여 고독하게, 무방비 상태로 잠들어 있다. 그러다가 그들은 가버린다. 그들은 그것들을 떠나 먼지길을 홀로 걸어가, 진정 살아 있는 도시, 숲 한가운데 있는 침묵의 나라의 수도로 접근한다. 그곳은 갈증과 피로가 사라지는 곳, 사람들이 노래하고 기도하는 성도이다.

하얀 길 양쪽으로 덤불과 나무들에 꽃들이 피어 있다. 빨간 꽃들이 먼지 속에서 반짝거린다. 그들은 그 꽃들을 바라보지 않고 흙먼지 속에다 두 발을 박으며 멈추지 않고 걸어간다. 빨간 꽃들은 말이 없지만 몹시 아름답게 피어 있다. 구부리고 있는 넓은 꽃잎들과 노랗고 긴 암술을 가진 꽃들은 너무나 신선하고 너무나 순수하다. 여자들의 긴 머리카락을 위한 꽃들, 물의 소용돌이에서 해방된 꽃들, 그들은 이보다 훨씬 더 아름다운 것을 본 적이 없다. 그것은 향기가 증발된 꽃들, 조용한 밤으로부터 온 꽃들, 먼지의 흰빛 속에서 강렬하게 피어난 꽃들이다. 하이비스커스의 어두운 꽃잎을 가진 꽃들, 여자들의 육체와 닮은 매끈한 꽃들, 향기가 가득하고 이슬방울로 반짝이는 신비의 꽃들이다. 그들은 길을 따라 걸어간다. 그들은 마치 물을 마시듯 이 꽃에서 저 꽃으로 옮겨간다.

비가 내린 것은 바로 그때였다. 새로운 탄생을 알리며 하늘의 심장부에서 물이 흘러내렸다…… 그 입의 혀끝은 부드러웠고, 수액은 달콤했다. 그러자 네 마리의 커다란 박쥐들이 꽃의 꿀을 맛보기 위해 내려왔다. 꽃들은 박쥐들을 위해 꽃잎을 벌렸다. 큰 꽃받침이 있는 빨간 꽃, 큰 꽃받침의 흰 꽃, 검은 꽃 그리고 노란 꽃, 반종려나무와 종려나무의 잎이 넓은 꽃, 이 꽃들과 함께 마퀼 쿠치트 꽃도 함께 자라고 있었다. 오접꽃, 톱니 모양의 카카오나무 꽃, 규석화, 처녀화, 월계수 꽃, 유색화 그리고 밑동이 나선형으로 꼬인 꽃들도 피어 있었다. 꽃들이 다 자라면 향기를 제공하는 영주들이 바로 이 꽃들을 방문한다…… 이곳은 꽃들의 집, 태양 사제의 부케, 영주의 부케, 전사의 부케가 자라는 곳이었다.

꽃들의 카툰에게 내려진 임무는 바로 이와 같은 것이다. 듣자하니 그 외 다른 것은 없다. 그러나 그는 짐 속에 빵을 가져오지 않았다. 그리하여 꽃은 자라고 지옥의 9 신, 볼론 티쿠의 죄악도 피어났다.

지옥의 신, 볼론 자캅의 창조를 기다리며 삼년을 보냈다. 꽃의 심장부에 아주 어린아이, 아 피즐

림택이 내려왔다. 그는 초록색 가슴을 가진 벌새로
변장하고는 오접꽃의 화밀(花蜜)을 마시러 왔다. 오
접꽃은 그를 남편으로 삼았고, 그런 후 꽃의 심장부
는 앞으로 나아가더니 걷기 시작하였다.

북쪽에서 오는 길, 동쪽, 남쪽 그리고 서쪽에서
오는 길에서 꽃들이 발걸음을 안내해주었다. 그러나 사
자(使者), 빨간 천둥, 비를 품은 남자가 온 곳은 빨간 동
쪽에서다. 어두운 나무 숲 먼지 한가운데서 빨간 꽃들
은 강렬한 빛을 발한다. 꽃들은 부른다. 꽃들은 그들이
쉬지 않고 도시를 향해 걸어가길 원한다. 아주 오래 전
부터 공허한 하늘 아래서 매일같이 도시가 태양빛에 불
타고 있었다. 이제 땅은 진동하고 나무들은 떨리며 공
기는 울린다. 열병 속에서 기도하는 목소리, 찾고 있는
시선들을 부르는 것은 사람들의 음성이다. 바위 동굴
속에서는 두꺼비들이 시끄럽게 화답한다.

그들은 그렇게 발끝으로 조용히 전진하여 지평
선 위를 가볍게 걸어간다. 그들은 이윽고 도착한다. 몇
달 동안 그들은 그곳에 머물렀다. 바닷가, 하얀 술장식

같은 파도거품과 모래사장 앞에서 그들은 기다렸다. 부름이 있기를, 뜨거운 공기 속에서 길이 열리기를. 그들은 참을성 없는 준마처럼 그 자리에서 발을 동동 굴렀다. 이상한 번갯불이 수평선과 맞닿은 하늘에 줄무늬를 수놓았다. 분노와 욕망이 고조된 탓이었다. 이제 길은 자유롭다. 그들은 두 팔을 벌리고 도착했다. 두 날개의 그림자가 대지를 에워싸더니 천천히 조이며 닫혔다. 그들은 으르렁거리며 앞으로 돌진하더니 단번에 바다를 떠나 낮은 땅 위로 날아갔다. 홍수(열대 지방의 바닷가에 나는 식물—옮긴이)들은 휘고, 모래사장이 뒤집히며 함수호는 잔물결로 덮인다. 파도들이 바닷가와, 툴룸의 빨간 바위들 사이에서 부서지고, 바람 소리가 야자나무 줄기 위에서 떨린다. 우리의 육체 안엔 수많은 욕망이, 수많은 분노와 취기가 들어 있다. 앞으로 수그린 얼굴 살갗은 충혈되어 시퍼렇고 두 눈은 빛의 섬광을 발하고 있었다. 그들은 숨을 헐떡거렸다.

이윽고 그들은 점점 가까워지더니 드디어 도착한다. 바로 오늘이다. 퉁퉁 부은 몸은 석회질의 고장에서 버팀목처럼 서 있다. 몸은 지상을 덮고 하늘을 가린다. 성스러운 세 도시에서 기도중인 자들은 그들이 길을 떠나 있음을 알고 있다. 그렇기에 그들은 빨간 동쪽 길을 따라 피어 있는 가시 돋친 빨간 꽃들을 준비해두었다. 거대한 검은 먼지구름과 그림자 앞에서 이제 그들은 길을 따라 전진한다. 그들은 걸어간다. 그러다가 그 자리에서 플라멩코를 추거나 방울뱀처럼 먼지 속을 포복한다. 오늘 그들은 도착한다. 그들은 말과 음악과 춤에 도취하고 기도와 향에 취한다.

　　마을 사람들은 그들이 올 길을 준비해두었다. 우물과 물탱크들도 기다리고 있다. 며칠 전부터 틀라콜을 꽉 거머쥐고 손으로 땅을 팠다. 두 손에선 피가 흐른다. 새까맣고 노란 씨앗들이 선별되었다. 며칠 전, 몇 달 전부터 사람들은 기도하고 단식하며 축제를 준비하였다. 낮이고 밤이고 노래를 불러댔다. 그들은 노래 부른다. 때로는 새처럼 날카롭고 다급한 목소리로, 때로는 땅처럼 조용하게 자신들의 얼굴과 몸으로 노래한다.

　　약스 첫날, 그들은 사원을 깨끗하게 닦았다. 그것은 오크나이다. 각각의 신들 앞에서 코펄의 결정들이 타고 있다.

　　작 첫날, 그들은 하늘의 분노를 달래고 사냥해 죽인 동물들의 피, 신들을 기쁘게 하기 위해 흘려진 피가 아니라 인간들을 먹이기 위해 흘려진 피에 대해 속죄하였다. 하늘은 벌써부터 살랑거리고 무거운 수증기가 바다 위로부터 올라온다. 태양은 휴식도 망각도 없이 불타고 있다. 7 아호의 날, 단식을 하고 제물을 바친다.

막 첫날, 노인들은 네 샥과 이잠나 신을 받들어 모신다. 그때는 툽 칵, 소등 시간이다. 동물들은 사원 내부로 몰아넣고, 태양의 사제와 샥의 네 대표자들은 손에 물병을 들고 마당의 모서리마다 서 있다. 마당 한가운데엔 코펄이 들어간 마른 나무 장작불이 타고 있다. 남자들은 동물의 심장을 뽑아 불 속으로 던진다. 타는 살 냄새와 향 냄새가 하늘 한가운데로 올라간다. 그것이 하늘의 식량이다. 남자들은 코펄 반죽으로 표범 심장의 허수아비를 만들어 불꽃에 던진다. 불이 심장들을 태우고 나면 네 명의 샥들이 다가가 물병의 물을 장작불 위에 붓는다. 불꽃이 꺼진다. 우리, 우리들은 구름 속, 우리가 숨어 있는 곳에서 그것을 보고 있다. 그리고 우리는 자란다. 바다 위로 두 팔을 벌리고 북소리, 방울 소리를 듣는다. 노랫소리가 우리들을 부른다. 가는 나무들은 햇빛에 다 타버리고 뿌리들은 병들었다.

팍스 첫날은 파쿰 샥이다. 태양의 사제들과 마을 영주들이 한자리에 모인다. 그들은 단식을 하며 5일 낮, 5일 밤을 키 샥 코의 사원 안에서 기도한다. 살아 있는 신, 나콤 영주 앞에서 남자들은 전사의 춤을 추다가 어린 개 한 마리를 죽여 그 심장을 제물로 바친다. 네 바캅의 물병, 샘물이 담긴 물병들을 땅바닥에 던져 깬다. 그리하여 우리는 대지를 뒤덮으려는 욕구와 대지 위에 뿌려지고 싶은 욕구를 느낀다.

그들은 전진한다. 오늘 천천히 새로운 땅을 향해, 새해를 향해 전진한다. 그들은 꽃길 위로 연기처럼 순식간에, 소나기처럼 천천히 미끄러져간다. 흙먼지가 나무 위로 올라간다. 마치 말 탄 군대 같다. 먼지는 어두운 구름과 뒤섞인다. 바람이 우리 앞을 지나가며 뜨거운 공기를 뿜어낸다. 그들은 도착한다. 그들은 빨간 꽃들을 가시에서 뽑고, 나뭇가지들을 부러뜨린다. 그들은 땅을 뒤흔드는 연속적인 소음이다. 그리고 바다 소리, 숲의 침묵을 지나가는 파도 소리이다.

그들은 사거리를 지나 시내 중심을 향해 걸어간다.

XAMAN
흰색

CHIKIN
검은색

LIKIN
빨간색

NOHOL
노란색

그들은 약스를 향해 가고 있다. 희귀한 색, 아름답고 신성한 색, 옥색이다.

곧게 뻗어 있는 길은 햇빛에 하얗게 반사된다. 그것은 마치 그들이 가까스로 기어오르는 계단과도 흡사하다. 땀이 흘러 이마와 두 뺨에 작은 도랑을 만든다. 땀이 시야를 가리고, 먼지와 한데 섞여 옷과 몸에서 굳어진다. 그러나 그들은 멈추지 않는다. 그들이 어디에서 멈출 수 있겠는가? 길에는 앉을 자리 하나 없고, 가느다란 나무 밑엔 그늘조차 없다.

해가 하늘 한가운데서 빛나고 있다. 그들이 그렇

게 달아나는 것은 바로 이 해 때문이다. 걸어가다가 집들이 있는 곳에 이르거나, 광장 중앙에 홀로 서 있는 키큰 판야나무에 도달하기 위해서다.

나무 밑에 사람들이 앉아 있다. 그들은 앞에 있는 원형의 마을을, 옥수수밭을, 짙은 숲을 바라보고 있다. 마을은 신기루와 닮았다. 나뭇잎에 뒤덮인 둥근 벽들이 있는 새하얀 마을이다. 숲속의 빈터 북쪽에 보초들의 집과 교회가 있다. 남자들은 며칠 전부터 발셰 포도주와 저장한 맥주를 마시고 있다. 집 안에 있는 건전지 전축에서 쿰비아 음악이 흘러나오고, 조금 떨어진 곳에 있는 빈집에서 한 노인이 바이올린으로 아무도 듣지 않는 똑같은 멜로디를 쉬지 않고 연주한다. 때때로 음악 소리가 멀어지고, 침묵 속에서 이상하게 따닥거리는 소리가 들려온다. 아마도 빛의 소리이리라.

이곳은 중심지, 조용하고 외딴 장소이다. 이곳에서 사람들은 하늘과 지평선을 향해 있는 힘껏 소리지를 수 있다. 진정으로 말하는 자는 아무도 없다. 그 누구도 중요한 것은 하나도 말하지 않는다. 술에 취한 남자들이 비틀대고, 젊은이들은 해먹에서 자고 있고, 여자들은 돌 사이에 지펴놓은 불 위에 검은콩을 볶고 있다.

남자들은 사발을 들고 세군디노 코의 집까지 걸어간다. 그런 다음 줄지어 교회를 향해 행진한다. 바이올린, 기타, 큰북을 든 악단이 그 앞을 걸어가고 있다. 흰옷을 입은 남자들은 두 발에 트럭 타이어로 만든 샌들을 신고 있다.

　　남자들은 맨발로 십자가의 집으로 들어갔다. 그들은 고기와 강낭콩이 가득 든 사발을 옷을 걸친 십자가 앞에 놓았다. 십자가 왼편엔 빨간 꽃들로 장식된 색칠된 옥좌가 있다. 교회 내부에는 짙은 어둠이 드리워져 있다. 촛불이 반짝이고 코펄이 타면서 무거운 연기를 내뿜는다. 남자들과 여자들이 무릎 꿇고 앉아 기도한다. 각자 십자가를 응시하며 기도문을 중얼대고 사제는 십자가 앞에 서서 좀더 큰 목소리로 중얼거린다. 그는 키 큰 여자처럼 두 팔을 벌리고 그를 굽어보고 있는 십자가에게 말을 한다. 그리고 나서 동상들에게도 말한다. 그는 비어 있는 옥좌 앞에서 허리를 굽히며 인사한다. 남자들이 한 사람씩 차례로 일어나더니 뭔가 중얼거리는 사람들 귀쪽으로 무릎을 꿇고 몸을 수그린다. 그리고 나서 그들은 밖으로 나간다. 바깥은 햇빛이 눈부시게 빛나고 하늘은 텅 비어 있다. 아이들은 뛰어가며 폭죽을 터뜨린다. 낡은 전축에선 쿰비아가 계속되고, 집 안에선 노인이 홀로 작은 바이올린을 계속 연주하고 있다.

태양의 사제 욕빌 툰이 중심 자리에 임명되었을 때 꽃은 네 개의 가지를 지니고 있었다. 그때 13 신(神)이 앞으로 나아갔다. 그가 교리를 가르칠 때 돗자리 위에 죄악이 내린 것을 알지 못했기 때문이다. 오월의 꽃은 그의 돗자리, 그의 벤치였고 갈망은 그의 자리, 그의 길이었다. 갈망은 그의 접시요 그의 술잔이었다. 갈망은 그의 가슴이요 그의 이성이었다. 갈망은 그의 사고, 그의 입이었다. 그가 통치하는 동안 호색(好色)이 그의 말이었다. 그 당시 그는 고함을 쳐가며 식사와 음료를 요구했고 입아귀로 밥을 먹고 손아귀로 음식을 들고 깨물었다. 그는 손에 나무와 돌을 쥐고 있었다. 그의 호색적인 광기는 엄청났고 그가 자리잡고 있을 때의 얼굴은 10 세도가, 라훈 산의 얼굴이었다. 그는 통치 기간 동안 앉을 돗자리를 요구해 차지했다. 그의 아버지와 어머니는 잊혀졌고, 그의 어머니는 더이상 자기 자식들을 알아보지 못했다. 아버지 없는 고독한 자, 자기 아버지를 경멸하는 자, 어머니 없는 자의 심장을 태우라. 그는 술취한 사람마냥 막무가내로 걸어가 자신의 아버지와 어머니 앞에서 무례하게 굴었다. 그의 가슴속엔 덕망이나 선량함 따윈 존재하지도 않았다. 단지 혀끝에만 있을 뿐이었다. 그는 자신의 종말을 알지 못했다. 그의 통치가 어떻게 끝날 것이며, 또 그의 권력의 시간이 언제 끝날지도 알지 못했다.

여기 볼론 티쿠, 9 신이 있다. 볼론 샨, 9 신은 인간들을 통치하는 군주의 얼굴, 이틀간의 돗자리 주인, 이틀간의 왕좌의 주인이다.

그러나 이 카툰의 말씀이 끝날 때, 신은 대홍수를 일으킬 것이며, 이것이 세상의 종말이 될 것이다. 대홍수가 끝나면 우리 주 예수 그리스도는 예루살렘 대도시 옆에 있는 예호샤파트 계곡으로 올 것이다. 그곳에서 예수는 성스러운 피로 우리들을 구원할 것이다. 자, 이제 예수는 나무십자가 위에서 사지를 벌리고 당했던 고통을 증언하기 위해 거대한 구름을 타고 하늘에서 강림하실 것이다. 그리고 그의 전능 속에서 하늘과 땅을 창조하신 진정한 신, 하할

쿠가 강림할 것이다. 여기 정의를 돌려주기 위해, 선과 악을 위해, 정복자와 노예들을 위해 그는 강림할 것이다.

숲 한가운데서 이야기하는 목소리가 끊이지 않았다. 십자가들의 집 안에서 목소리는 입술을 움직이지도 않은 채로 말을 한다. 저주받은 자들, 불경한 자들, 그들은 멀리 있다. 그들은 아직도 존재하고 있는가? 그들은 바위와 벽, 그리고 사막에 갇힌 죄수들이다. 그들은 맹인들이다. 여기에 시선이 빛을 발해 태양처럼 반짝거리고 심장처럼 전율한다. 시선은 도래할 것이 무엇인지를 볼 줄 안다. 각자는 자신의 몸, 자신의 얼굴, 자신의 두 손, 자신의 가슴으로 볼 수 있는 예언자이다. 시야를 열어주는 것은 바로 고통, 대한발, 긴 기다림이다. 그러나 고통은 오래 지속될 수 없다. 지금 대지는 해 뜰 무렵처럼 진동하고 부동의 상태로 조용하고 강력하고 또한 새롭다. 키 큰 판야나무 아래 남자들이 앉아 있다. 그들은 앞에 있는 원형의 마을을, 옥수수밭을, 짙은 숲을 바라보고 있다.

동방의 군주가 일어날 때, 사방의 하늘과 땅 곳곳에서 나의 말이 군주의 집 안으로 흘러들어간다.

동쪽에서 구름이 몰려들 때, 주 예수는 천상의 위엄 한가운데, 구름들의 13 계급에 올라 비를 부른다. 방문차 들른 신들이 기다릴 때, 주 예수는 옥수수밭을 지키는 파수꾼 신들의 신성한 사랑으로 발셰 포도주를 발효시키도록 명하신다. 그리하여 그들이 대영주 덕택에 신의 아들, 성령의 신의 성스러운 호의를 지상에 널리 유포한다.

동쪽 길에서 누군가 오고 있다. 누군가가 두 발 아래로 구름을 피워올리며 천천히 전진하고 있다. 누군가가 이마에 묶은 짐의 무게에 눌려 고개를 숙이고 걸어간다. 얼굴은 피로 검게 물들고, 옷은 먼지와 땀으로 달라붙었다. 누군가 천천히 다가오고 있다. 그리고 그의 그림자가 땅을 덮고 하늘을 가린다.

신성한 나의 사랑과 함께, 순결한 씨앗을 내가 땅에 맡길 때, 너, 너는 하루의 이 순간에 나를 바라볼지어다. 나는 네게 간청할 것이다. 네가 나를 축복

해주기를, 너의 신성한 사랑을 내게 주기를, 점점 커져만 가는 너의 호의를 이 지상에 유포하기를. 성부와 성자와 성신의 손에 바치는 것, 그것은 필요한 일이요, 거룩한 일이기 때문이다.

　방문객의 그림자가 커지면, 그 그림자는 그 자리에서 퍼져나가 태양을 가린다. 그곳엔 무거운 침묵과 엄숙한 고요가 자리잡는다. 차가운 비 한 방울이 나뭇잎과 집의 지붕들 위로 떨어진 것은 밤이 채 내리지 않은 저녁 무렵의 일이었다.

"YOK TUBA IN THAN, CEN CHILAM BALAM"

프랑스 문학의 살아 있는 신화

1963년 9월 첫 작품 『조서 *Le Procès - verbal*』를 발표하면서 떠들썩하게 프랑스 문단에 등단한 르 클레지오. 그는 이 첫 작품으로 르노도 상을 수상했을 뿐만 아니라 공쿠르 상에서도 심사위원 10명 중 5명의 지지를 얻은 바 있다. 파리 문단에서의 사교활동이나 대중과의 접촉에는 전혀 무심한 채 오로지 글쓰기에만 전념하는 '비밀스런' 작가, 르 클레지오가 신작을 발표할 때마다 매스컴은 그를 인터뷰했다. 그리하여 독자들은 그가 상징주의 시인들처럼 저주받은 자가 되지도 않았고, 인생의 낙오자로 전락하지도 않았고, 그렇다고 교만함을 내비치지도 않는다는 걸 알았다. 그의 문학적 재능은 해를 거듭할수록 원숙해져가고 있었다. "내게 글쓰기는 하나의 모험이며, 내 안에서 나와 다른 것을 발견하는 하나의 방법, 특히 나를 발견하고 나를 더 잘 이해하려고 시도하는 방법"이라고 말하는 르 클레지오의 작품들은 유행을 초월하여 '본질적인' 것을 표현하고 있는 까닭에 여러 층위의 독서를 가능케 한다. 그는 어린아이의 순진무구함, 세상을 바라보는 어린아이의 지각과 그 주변을 둘러싼 자연의 생명력 사이에 군림하는 조화의 회복을 꾀하는 글을 써왔다.

르 클레지오는 현실을 정묘하고 상세히 묘사한다는 점에서 새로운 사실주의 작가로 평해지며, 현대의 기술·도시문명의 외양을 꿰뚫어보는 '몽상가'로, '새로운 신화'적 작가로도 평가받는다. 그의 작품에서 가장 빈번히 등장하는 주제들은 자연과 조화를 이룬 어린 시절의 행복, 사회적 관습 속으로의 전락, 그리고 현대사회의 비인간적인 면모, 도피의 욕구, 실존의 폭력, 사랑의 기적 등이다. 이번에 번역되는 『성스러운 세 도시』에서는 서구 문명에 대한 혐오를 바탕으로 서구적 세계관의 한계를 초월하고, 비로소 찾게 된 새로운 정신적 뿌리, 멕시코와 아메리카 인디언 문명의 영적이며 종교적인 분위기를 보여주는 세 단편을 소개하고 있다.

　　"내가 알지 못했던, 그러나 내가 알아볼 수 있을 것 같은, 언제나 나의 것이었던 것 같은 그런 곳에 대한 갈망이 내게는 있습니다. 나는 여행이 바로 그곳을 찾는 데, 그래서 그곳의 유산을 이어받는 데 쓰였으면 하고 바라는 것입니다." 『도피의 서 *Le livre des fuites*』에서 존 트라블레르는 세계 속에 '자아'가 닻을 내릴 어떤 장소에 대한 향수를 갖고 그의 고향인 유럽을 격렬히 거부하고 이곳저곳을 떠돈다. 르 클레지오 역시 대학에서 불문학을 가르치면서 자주 여행을 떠났다. 그중 그에게 가장 큰 영향을 끼친 것은 1969년에서 1973년까지 파나마의 '앙베라' 인디언과 함께 살았던 경험이었다. 르 클레지오는 멕시코, 파나마의 앙베라 인디언과의 만남에서 마치 전생의 고향 같은 자신의 정신적 뿌리를 찾았으며, 그곳에서 그들 삶의 양식이 자연의 리듬과 일치되어 있음을 보게 된다. 서구 문명에서 찾고자 했으나 발견하지 못했던 자연과 어우러진 삶, 존재의 모델을 그곳에서 발견한 것이다. 그리하여 이후의 작품들에서는 불안과 두려움의 요소가 가시고 안정이 깃들이게 된다.

문학을 버리고 미지의 희망을 찾아 아프리카로 떠났지만 이상적 세계를 발견하지도, 현실 속에 뿌리내리지도 못한 채, 절름발이가 되어 마르세유의 한 병원에서 쓸쓸하게 죽어간 상징주의 소년시인 랭보, 그는 프랑스 문학에서 꺼지지 않는 불꽃과 같은 신화적 존재이다. 르 클레지오 역시 미지의 대지를 찾아 문학의 모험, 삶의 모험을 계속하는 또다른 랭보라 할 수 있다. 다만 그는 그 모험으로부터 삶의 지혜를 얻고는 다시 돌아온다. 그리고 더 깊어진 자리에서 다시 모험의 길을 떠난다. 그가 프랑스 문학의 살아 있는 신화로 불리는 것은 이 때문이다. 지금껏 르 클레지오에게 보여온 프랑스 및 전세계 독자들의 꾸준한 사랑은 그 신화에 대한 경탄이며, 앞으로도 오래 그 경탄은 끊이질 않을 것이다.

2001년 가을
홍상희

옮긴이 **홍상희**

프랑스 파리 소르본 대학에서 불문학 박사학위를 받았다. 현재 부산 경성대학교 불어불문학과 교수로 재직하고 있다. 르 클레지오의 『섬』『사막』, 아니 에르노의 『아버지의 자리』, 알베르 카뮈의 『편도나무들』, 시몬 드 보부아르의 『노년』(공역), 파트릭 사무아조의 『텍사코』(공역), 엘리에트 아베카시스의 『쿰란』 등을 우리말로 옮겼다.

문학동네 세계문학

성스러운 세 도시

1판 1쇄	2001년 10월 5일
1판 2쇄	2008년 10월 17일

지 은 이	JMG 르 클레지오
옮 긴 이	홍상희
펴 낸 이	강병선
책임편집	신선영 최혜진
펴 낸 곳	(주)문학동네
출판등록	1993년 10월 22일 제406-2003-000045호

주 소	413-756 경기도 파주시 교하읍 문발리 파주출판도시 513-8
전자우편	editor@munhak.com
전화번호	031)955-8888
팩 스	031)955-8855

ISBN 89-8281-429-9 03860

www.munhak.com

2008 노벨문학상 수상 르 클레지오의 작품들

황금 물고기 최수철 옮김

출간되자마자 프랑스에서 베스트셀러 1위에 올랐던 소설
프랑스 문단의 살아 있는 신화, 르 클레지오가 빚어낸 한 소
녀의 눈부신 성장기. 신성의 언어를 아름답게 흩뿌려놓는 작
가라는 탄성을 자아낸 작품.

우연 최수철 옮김

르 클레지오의 대가적 면모를 확인시켜주는 아름다운 소설
삶의 본질적 순간을 향한 문학의 외경이며, 심연 속 침몰을
통해서만 추구할 수 있는 인간 내면의 황홀한 비경이다.

타오르는 마음 최수철 옮김

때로 연약하고 때로 강렬한 생에 바치는 일곱 개의 송가
생에 대한 원시적 열정을 지닌 사람들의 이야기가 사막과 대
도시를 오가며 펼쳐진다.

"청춘, 고독, 유배…… 르 클레지오의 모든 것이 여기 있다."
_발뢰르 악튀엘

아프리카인 최애영 옮김

르 클레지오 문학의 원형질을 맛볼 수 있는 '내밀한 고백'
작가는 『아프리카인』에서 삶의 운명적인 한 단층을 직관과
몸의 뚜렷한 감각으로 발굴하고 복원해낸다. 그것은 아버지
의 삶이자, 자기 유년의 기록이며, 어머니의 땅 아프리카에
대한 맑고 웅장한 서정의 오마주이다. _한국일보